Petits Classiques
LAROUSSE

Collection fondée par Félix Guirand,
Agrégé des Lettres

Lettre
à Ménécée

Épicure

Lettre

Édition présentée,
annotée et commentée
par Damien GIRARD,
professeur de philosophie au lycée Jeanne-Hachette (Beauvais)

Direction de la collection : Carine GIRAC-MARINIER
Direction éditoriale : Claude Nimmo
Édition : Marie-Hélène CHRISTENSEN, Laurent GIRERD
Direction artistique : Uli MEINDL
Couverture et maquette intérieure : Serge CORTESI, SOPHIE RIVOIRE, ULI MEINDL
Dessin de couverture : Alain BOYER
Mise en page : Monique BARNAUD, Jouve Saran
Responsable de fabrication : Marlène DELBEKEN

© Éditions Larousse 2013
ISBN : 978-2-03-589306-2

SOMMAIRE

Avant d'aborder l'œuvre

- 6 Fiche d'identité de l'auteur
- 8 Repères chronologiques
- 12 Fiche d'identité de l'œuvre
- 14 L'œuvre à son époque
- 21 Lire l'œuvre aujourd'hui
- 23 Le plan de l'œuvre
- 26 Les problématiques essentielles

31 Lettre à Ménécée

Épicure

Pour approfondir

- 42 Clefs d'analyse
- 46 Thèmes et concepts
- 71 L'œuvre dans l'histoire de la pensée
- 79 Mise en perspective
- 87 Vers le bac
- 95 Bibliographie

AVANT D'ABORDER L'ŒUVRE

Fiche d'identité de l'auteur

Épicure

Nom : Épicure, qui se dit en grec *Epikouros*, ce qui signifie « celui qui vient au secours ».

Naissance : 341 av. J.-C.

Famille : Néoclès, son père (originaire de Samos), enseigne la grammaire ; Chérestrate, sa mère, est magicienne.

Formation : Épicure accomplit son service militaire à Athènes à l'âge de 18 ans. Il reçoit ensuite, à Colophon, sur l'île de Samos, les leçons de Nausiphane (rhéteur et ancien disciple de Démocrite d'Abdère, fondateur de la philosophie dite « atomiste ») et de Pyrrhon (fondateur du scepticisme).

Début de carrière : Épicure commence par enseigner dans la ville de Mytilène, sur l'île de Lesbos ; sa doctrine est alors assez mal reçue. Cependant il y rencontre Hermaque, qui devient son disciple et qui sera son successeur. Il part ensuite pour Lampsaque (aujourd'hui en Turquie), où il fait connaissance avec ses futurs disciples : Colotès, Métrodore, Idoménée de Lampsaque.

Premiers succès : dans chacune des villes qu'il a traversées, Épicure laisse sur place quelques-uns de ses disciples avec qui il restera toujours en contact. À l'âge de 35 ans, il s'installe à Athènes et achète un jardin pour 80 mines (monnaie de l'époque). Nous parlons aujourd'hui des *philosophes du Jardin* pour désigner Épicure et ses disciples : ils s'y réunissaient pour recevoir les conseils du philosophe sur le meilleur genre de vie à adopter. Cependant, la philosophie épicurienne n'est pas seulement destinée aux philosophes : des hommes politiques, des citoyens, mais aussi des femmes et des esclaves fréquentaient également le Jardin.

Évolution de la carrière philosophique : Épicure passe le restant de sa vie dans ce jardin où il écrira, dit-on, plus de 300 ouvrages de philosophie naturelle et éthique.

Mort : 270 av. J.-C. Dans ses *Vies, doctrines et sentences des philosophes illustres* (chap. X, § 16), Diogène Laërce écrira : « "Salut à vous, et souvenez-vous de mes doctrines" ; telle est la dernière parole qu'Épicure adressa à ses amis, au moment de mourir. Il entra en effet dans une baignoire chaude, huma le vin pur, puis huma le froid Hadès. »

Buste d'Épicure.

Repères chronologiques

Vie de l'auteur	Événements politiques et culturels
341 av. J.-C. Naissance d'Épicure.	**341 av. J.-C.** Grandes tensions entre Philippe II de Macédoine et Démosthène d'Athènes.
	338 av. J.-C. Bataille de Chéronée : les Athéniens et les Thébains perdent le combat contre l'armée de Philippe II et d'Alexandre, comprenant les Macédoniens et les Thessaliens. La Macédoine affirme son hégémonie sur toute la Grèce.
	336 av. J.-C. Assassinat de Philippe II de Macédoine. Alexandre le Grand, son fils, hérite de la couronne.
	335 av. J.-C. Naissance du futur fondateur de l'école stoïcienne : Zénon de Citium.
323 av. J.-C. Service militaire à Athènes ; rencontre avec Xénocrate, le successeur de Platon à l'Académie.	**323 av. J.-C.** Décès d'Alexandre le Grand à Babylone. La régence du royaume de Macédoine est confiée à Cassandre en attendant la majorité d'Alexandre IV. Athènes entre alors en guerre contre la Macédoine pour affirmer son indépendance. Athènes perd la guerre qu'elle engage ; des troupes macédoniennes s'installent au port du Pirée.
322-321 av. J.-C. Études à Samos auprès du rhéteur Nausiphane.	**322-321 av. J.-C.** Décès d'Aristote. Théophraste devient le premier scolarque du Lycée. Décès de Démosthène.
	319 av. J.-C. À Athènes, l'ancien général d'Alexandre, Polyperchon, proclame, contre Cassandre, l'indépendance des cités grecques.

Repères chronologiques

Vie de l'auteur	Événements politiques et culturels
	317 av. J.-C. Cassandre, régent de Macédoine, prend Athènes et instaure un régime oligarchique. Le pouvoir est alors aux mains du philosophe aristotélicien Démétrios de Phalère.
	314 av. J.-C. Décès de Xénocrate, second scolarque de l'Académie de Platon, dont Polémon reprend la tête.
310-311 av. J.-C Épicure fonde une école à Mytilène sur l'île de Lesbos, puis à Lampsaque. Rencontre avec ceux qui deviendront ses disciples.	**310-311 av. J.-C** Cassandre fait assassiner Alexandre IV et sa mère Roxane.
307 av. J.-C. Vie à Lampsaque.	**307 av. J.-C.** Démétrios Poliorcète vainc Cassandre aux Thermopyles et libère Athènes du pouvoir de Démétrios de Phalère. Démétrios Poliorcète est accueilli en héros.
306 av. J.-C. Installation à Athènes après la libération de la cité ; fondation de l'école du Jardin.	**305 av. J.-C.** Cassandre est couronné roi de Macédoine.
	304 av. J.-C. Lysimaque devient roi de Thrace.
	301 av. J.-C. Après la bataille d'Ipsos, l'empire d'Alexandre est divisé en quatre grands royaumes : Macédoine, Thrace, Syrie et Égypte. Athènes affirme alors sa neutralité en fermant ses portes à Démétrios Poliorcète. Zénon fonde le stoïcisme et l'école du Portique à Athènes.
	297 av. J.-C. Décès de Cassandre, roi de Macédoine. Ses deux fils, Antipater et Alexandre, se disputent le royaume.

Repères chronologiques

Vie de l'auteur	Événements politiques et culturels
	294 av. J.-C. Démétrios Poliorcète Ier lance une nouvelle offensive sur Athènes et impose un siège entraînant la famine. **287 av. J.-C.** Révolte à Athènes contre l'oligarchie au pouvoir : Démétrios Ier, roi de Macédoine, impose un nouveau siège. Décès de Théophraste, disciple et ami d'Aristote, premier scolarque du Lycée. **285 av. J.-C.** Défaite de Démétrios Ier devant Agathoclès, fils de Lysimaque, roi de Thrace. Lysimaque devient alors roi de Macédoine. **283 av. J.-C.** Décès en prison de Démétrios Ier Poliorcète. Sciences : le médecin grec Hérophile dissèque des cadavres pour améliorer ses connaissances en anatomie. **281 av. J.-C.** Décès de Lysimaque à la bataille de Couroupédion contre Séleucos Ier, roi de Syrie. Ce dernier s'autoproclame roi de Thrace et de Macédoine. Mais Ptolémée Kéraunos l'Égyptien s'empare de ces deux royaumes. **280 av. J.-C.** Naissance du philosophe stoïcien Chrysippe. **279 av. J.-C.** Décès de Ptolémée Kéraunos lors d'une bataille contre les Celtes qui tentent d'envahir la Grèce par les Thermopyles.

Repères chronologiques

Vie de l'auteur	Événements politiques et culturels
	278 av. J.-C. Victoire des Étoliens (Grèce centrale) sur les Celtes. Les Étoliens affirment alors peu à peu leur hégémonie sur toute la Grèce.
	277 av. J.-C. Décès de Métrodore de Lampsaque, ami et disciple d'Épicure.
	275 av. J.-C. Décès de Pyrrhon (né en 365 av. J.-C.), fondateur du scepticisme.
270 av. J.-C. Décès d'Épicure, des suites d'une longue maladie.	

Avant d'aborder l'œuvre

Fiche d'identité de l'œuvre

Lettre à Ménécée

Genre : ce texte, qui est une lettre, appartient au genre épistolaire. Mais il ne s'agit pas d'une correspondance comme on en trouve en littérature ou même chez certains philosophes (Descartes, par exemple). Cette lettre a deux fonctions principales : premièrement, résumer la doctrine épicurienne ; deuxièmement, exhorter le lecteur à pratiquer dans sa vie les conseils éthiques prodigués par Épicure. Ce genre, en philosophie, s'appelle le « protreptique ».

Auteur : Épicure, IVe-IIIe siècles av. J.-C.

Objets d'étude : la physique (étude des principes de la nature), l'éthique et les conditions d'accès au bonheur.

Sujet : brièvement exposée dans la *Lettre à Ménécée*, l'éthique épicurienne fait du plaisir le souverain bien. Ce plaisir réside en majeure partie dans l'ataraxie, littéralement « absence de troubles ». Cet objectif n'est réalisable que si celui qui aspire au bonheur respecte les cinq conditions suivantes qui structurent la *Lettre* :

- il faut rejeter les opinions fausses sur les dieux et, par la suite, ne plus craindre ces derniers ;

- il faut rejeter les opinions fausses sur la mort et ne plus la craindre ;

- il faut réguler ses désirs et vivre prudemment ;

- il ne faut plus craindre la douleur ;

- il faut reconnaître notre liberté afin de pouvoir appliquer les trois conditions précédentes.

Lectures de l'œuvre : Épicure a eu une grande postérité ; sa pensée a été reprise et étudiée par des auteurs comme Cicéron, Lucrèce, Montaigne, Gassendi, Rousseau, Voltaire, Hume, ou encore Stuart Mill, Marx et Nietzsche. Épicure est le premier penseur à proposer une physique, une théorie de la connaissance et une philosophie portant sur l'âme humaine (psychologie) et sa conduite (psychagogie).

« Une vision de l'Antiquité – le symbole des formes » (1887-1889), tableau de Puvis de Chavannes.

Avant d'aborder l'œuvre

L'œuvre à son époque

Histoire et philosophie : la période hellénistique

EN HISTOIRE, l'époque hellénistique désigne la période allant de la mort d'Alexandre le Grand (323 av. J.-C.) au suicide de Cléopâtre VII (30 av. J.-C.), qui laisse place, par la suite, à la domination romaine. Comme on peut le voir dans le tableau des repères chronologiques (pp. 8-11), le début de l'époque hellénistique est marqué par l'hégémonie de la Macédoine sur la Grèce et par de multiples guerres entraînant la division du royaume. Athènes se situe, à ce moment, au centre de ces bouleversements.

EN PHILOSOPHIE, la période hellénistique désigne l'ensemble des courants qui suivent immédiatement le décès de Platon puis celui d'Aristote. Ce grand courant de pensées déborde son cadre historique : de nombreux philosophes romains en reprendront les thématiques essentielles. Par exemple, Sénèque (4 av. J.-C. - 65 apr. J.-C.), Épictète (50-125) et l'empereur Marc Aurèle (121-180) poursuivent et développent à leur époque la pensée stoïcienne.

IL EN EST DE MÊME CONCERNANT LE CAMP ÉPICURIEN : bien que le décès du dernier épicurien connu, Philodème de Gadara, concorde exactement avec la fin de la période hellénistique historique (Philodème disparaît en 40 av. J.-C.), nous disposons néanmoins des témoignages de Cicéron concernant une pensée épicurienne sous l'Empire romain après la naissance de Jésus-Christ.

L'œuvre d'Épicure

ÉPICURE est considéré comme l'un des plus grands écrivains de son siècle. La légende lui attribue plus de 300 ouvrages, parmi lesquels un traité *Sur la nature* qui comprendrait trente-sept volumes.

DE CETTE ŒUVRE MAGISTRALE, il ne reste aujourd'hui plus grand-chose : l'éruption du Vésuve en 79 a toutefois épargné quelques fragments du grand traité *Sur la nature* retrouvés dans la bibliothèque de Pison à Herculanum. En outre Diogène Laërce (IIIe siècle apr. J.-C.), dans son ouvrage *Vies, doctrines et sentences des philosophes illustres*, nous a transmis un ensemble de trois lettres : la

L'œuvre à son époque

Lettre à Hérodote, la *Lettre à Pythoclès* et notre *Lettre à Ménécée*, ainsi qu'un regroupement de maximes (les *Maximes capitales*). Enfin a été retrouvé au Vatican un ensemble de sentences d'origine épicurienne *(les Sentences vaticanes)* résumant la pensée du maître.

À PART LE LONG POÈME DE LUCRÈCE, épicurien romain du Ier siècle av. J.-C., *De la nature des choses*, seuls quelques fragments des disciples d'Épicure nous ont été transmis. Le poème de Lucrèce, qui totalise 7 416 vers, a joué un rôle décisif dans la diffusion de l'« atomisme » : on peut y découvrir de nombreux aspects inédits de la doctrine épicurienne.

Grandes influences

ÉPICURE fait partie des penseurs qui, du point de vue de la physique (étude des principes de la nature), affirment que seuls existent les atomes et le vide. En ce sens, Épicure appartient au courant que l'on nomme aujourd'hui le « matérialisme », et plus spécifiquement l'« atomisme ». Il n'est cependant pas le premier penseur atomiste de l'Antiquité.

LE VÉRITABLE FONDATEUR de l'atomisme est Démocrite (v. 460 - v. 370 av. J.-C.), qui fut le disciple de Leucippe au Ve siècle av. J.-C. Ce premier atomisme va de pair avec une éthique soucieuse de libérer l'esprit des angoisses dues aux mauvaises opinions et aux grandes superstitions qui hantent les hommes de l'époque, notamment à propos de la crainte des dieux et de la mort.

Le Jardin et les « centres » épicuriens

UNE FOIS REVENU À ATHÈNES (306 av. J.-C.), Épicure prend la décision d'y fonder un centre. Il achète un jardin dans le dème (quartier) de Mélité, à l'ouest de la ville. Épicure est alors accompagné d'une partie des disciples rencontrés pendant son périple quelques années auparavant. Parmi eux, on compte notamment Hermaque de Mytilène et Métrodore de Lampsaque, deux épicuriens illustres. Le Jardin était ouvert à tous : il accueillait aussi bien de grandes figures

L'œuvre à son époque

politiques que des femmes et des esclaves ; ce qui était plutôt rare dans l'Antiquité. À Mytilène et à Lampsaque, les enseignements d'Épicure conservent leur influence.

UN CENTRE ÉPICURIEN n'est pas à proprement parler une école (au sens de « courant »). Il ne faudrait pas voir dans ces centres de véritables institutions. Ce qu'on appelle aujourd'hui « école » correspondait à l'époque à des regroupements d'amis animés par des questions qui leur étaient communes. En effet, dans l'Antiquité grecque, le terme *scholê* – qui a donné « école » en français – signifiait « loisir ». On peut donc aisément imaginer que les disciples d'Épicure avaient par ailleurs une vie professionnelle, ou encore qu'ils assumaient des fonctions politiques et que la réflexion était alors reléguée au second plan : celui du repos.

EN REVANCHE, il ne faudrait pas confondre loisir et divertissement. En effet la philosophie reste une affaire sérieuse qui consiste à se confronter aux questions les plus concrètes : comment m'assurer, tout en tenant compte des circonstances les plus difficiles (famine, par exemple), un accès certain au bonheur ? Ou encore, faut-il voir dans la mort le pire des maux de la vie ?

La vie culturelle à l'époque de la fondation du Jardin

AU MOMENT OÙ ÉPICURE FONDE SON JARDIN, la vie culturelle est dominée par l'Académie et le Lycée, qui cherchent à transmettre l'héritage des pensées de Platon et d'Aristote.

EN INSTITUANT SON ÉCOLE, Épicure n'avait pas l'intention de mener une bataille philosophique. L'Académie était plutôt tournée vers la formation d'une élite politique en accord avec la philosophie de Platon ; le Lycée, quant à lui, se constituait peu à peu comme un véritable centre d'études scientifiques prenant racine dans la pensée d'Aristote.

SON INTÉRÊT étant plutôt tourné vers la vie morale et les conditions d'accès au bonheur, Épicure voulait surtout construire, par le moyen de la réflexion philosophique, un nouveau genre de vie.

L'œuvre à son époque

La question de la vie publique

COMME ON PEUT LE VOIR dans le tableau des repères chronologiques, nous ne disposons pas d'indices ni de témoignages laissant penser à une quelconque implication politique d'Épicure. En un sens, cela semble être en accord avec son idéal de sagesse : « Il faut se libérer de la prison des occupations quotidiennes et des affaires publiques. » (*Sentence vaticane*, n° 58.)

CEPENDANT, cette libération n'est pas nécessairement radicale. Se libérer des affaires publiques, c'est avant tout savoir ponctuellement s'en détacher pour se confronter aux plus importantes questions. Citons encore la XIVe *Maxime capitale*, qui paraît plus modérée : « Si la sécurité du côté des hommes existe jusqu'à un certain point grâce à la puissance solidement assise et à la richesse, la sécurité la plus pure naît de la vie tranquille et à l'écart de la foule. »

LE SAGE DOIT DONC, pour sa propre sécurité et pour son bonheur, savoir se tenir – au moins ponctuellement – à l'écart de la foule. En effet d'illustres personnalités publiques ont fréquenté l'école du Jardin : Mithrès, par exemple, était non seulement ministre des Finances du roi Lysimaque (voir les repères chronologiques) lorsqu'il prit le pouvoir de la Thrace, mais il était aussi très impliqué dans les affaires du Jardin. Autre exemple : Idoménée, dignitaire de la cour de Lampsaque, était aussi très proche d'Épicure.

CES MAXIMES ne sont pas absolument inflexibles comme on a pu le croire de façon caricaturale. En réalité il faut y voir un éloge de l'amitié plutôt qu'une règle de vie antisociale. Là où il y a richesse et pouvoir, il ne saurait y avoir amitié. Le Jardin, en revanche, est un lieu où l'amitié authentique est cultivée.

ÉPICURE ne se désintéresse donc pas totalement de la vie publique : au contraire, on trouve chez lui des fragments mettant en valeur l'association entre les citoyens. Il s'agit simplement de distinguer précisément amitié et citoyenneté.

L'œuvre à son époque

La réception de la doctrine épicurienne

BEAUCOUP DE PHILOSOPHES de l'Antiquité se sont levés contre les doctrines épicuriennes. Parmi eux, on retrouve des écoles contemporaines à la fondation du Jardin (le stoïcisme), mais aussi des courants plus récents tels que le scepticisme (190 apr. J.-C.). Cicéron, qui fait plutôt figure de libre-penseur, raille sans cesse la philosophie épicurienne. Le plus souvent, on reproche à Épicure sa naïveté, reproche s'adressant à un épouvantail épicurien plutôt qu'à Épicure lui-même.

ON PEUT FAIRE ABSTRACTION de deux grandes lignes de critiques :

— Épicure considérait, à tort ou à raison, que les informations provenant des sens étaient absolument véridiques ; ce qui, pour un stoïcien ou encore un philosophe sceptique, est tout bonnement inconcevable. On trouvera plus tard cette critique chez Descartes au XVIIe siècle : Épicure, par exemple, aurait cru que le Soleil n'était pas plus grand qu'il n'y paraît... En réalité Épicure fait ici figure de bouc émissaire, porte-drapeau d'un sensualisme qu'il n'a jamais vraiment soutenu.

— On reproche à Épicure d'avoir défendu, sur le plan moral, une doctrine hédoniste, c'est-à-dire une pensée soutenant que le plaisir doit être l'objectif premier. Là encore il s'agit d'une erreur : le plaisir est bien au centre de la philosophie épicurienne, mais il s'agit plutôt, comme nous le lirons, d'une invitation à fuir la douleur plutôt qu'une incitation à la débauche.

EN OUTRE, la philosophie épicurienne a souvent été caricaturée, notamment par les philosophes stoïciens. Citons ici cette anecdote que l'on trouve chez Diogène Laërce, dans les *Vies, doctrines et sentences des philosophes illustres* : « Diotime le stoïcien, plein de malveillance envers lui, le calomnia acerbement, diffusant cinquante lettres licencieuses sous le nom d'Épicure. »

CES LETTRES CALOMNIEUSES comportent des accusations de débauche, de tromperie et de flatterie envers les grands hommes

L'œuvre à son époque

politiques. On peut en conclure qu'à son époque, la pensée d'Épicure gênait beaucoup. Essayons donc d'éclaircir les raisons de cette méfiance envers l'épicurisme.

Le genre de vie épicurien

ÉPICURE n'hésite pas à affirmer que le plaisir est le bien suprême. Si on s'arrête à cette idée, il est tout à fait possible de confondre la doctrine épicurienne avec un hédonisme. En réalité les choses sont plus complexes.

CETTE VIE DE PLAISIRS qu'Épicure nous conseille de mener réside principalement dans la fuite de la douleur. En ce sens, notre auteur ne défend pas un plaisir plein, mais plutôt une idée négative du plaisir entendu comme une « absence de troubles » (ataraxie). Cette ataraxie peut être comprise en deux sens :

— Il s'agit d'abord de dissoudre toutes les craintes infondées telles que la crainte des dieux et la crainte de la mort. En effet, s'il existe des dieux, ceux-ci sont dans un état d'indifférence à l'égard des hommes. Il ne faut donc craindre aucune vengeance divine. La mort n'est pas non plus à craindre, puisque nous ne la vivons jamais à la première personne.

— Il s'agit ensuite de fuir à tout prix ce qui peut introduire du trouble dans le corps et l'esprit. En ce sens, tout plaisir excessif est à fuir, la débauche entraînant le plus souvent, après coup, une grande douleur. Par exemple, Lucrèce, épicurien romain, conseillera des amours légères plutôt que passionnelles ; de même, la nourriture, la boisson doivent toujours être consommées avec modération car, s'ils deviennent excessifs, de tels plaisirs peuvent empoisonner le corps. Celui qui veut être heureux devra donc contrôler sans relâche le moindre de ses désirs, et contrebalancer le plaisir avec la douleur que celui-ci pourrait susciter et inversement (le calcul des plaisirs et des peines).

UNE VIE ÉPICURIENNE n'est donc pas une vie de débauche. Il est d'ailleurs amusant de remarquer qu'Épicure lui-même anticipe

L'œuvre à son époque

l'identification de sa doctrine à un vulgaire hédonisme : « Quand donc nous disons que le plaisir est la fin, nous ne parlons pas des plaisirs des gens dissolus et de ceux qui résident dans la jouissance, comme le croient certains qui ignorent la doctrine [...]. »

AU CONTRAIRE, la sagesse est un véritable combat contre des tendances qui ont été introduites en nous par l'opinion. Il faut faire la distinction entre les désirs naturels, qui proviennent des besoins du corps, et les désirs factices, qui n'ont d'autre origine que les mauvaises habitudes contractées par les hommes.

Lire l'œuvre aujourd'hui

I. Peut-on parler d'une actualité épicurienne ?

LA QUESTION EST DIFFICILE car il est peu probable que le contexte historique et politique dans lequel l'œuvre d'Épicure se déploie soit similaire au nôtre. En effet, à l'époque du Jardin, Athènes passe de main en main, ce qui entraîne de nombreuses souffrances pour la population athénienne (notamment la famine, en 294 av. J.-C.). Le thème épicurien de la faim sera d'ailleurs abordé dans la *Lettre à Ménécée*.

EN OUTRE certain thèmes épicuriens pourront paraître désuets au lecteur du XXIe siècle. Par exemple il n'est plus question aujourd'hui de craindre les dieux. Dans l'Antiquité, la tradition voulait que les dieux puissent prendre forme humaine et participer, parfois avec une certaine perversion, aux affaires des hommes. Épicure tente de dissiper cette crainte face à des croyances introduisant le trouble dans l'âme. Que l'on soit religieux ou non, il n'est plus vraiment pensable aujourd'hui de craindre que les dieux n'interviennent dans les affaires humaines – même si quelques esprits superstitieux ou radicaux résistent toujours.

II. Des thèmes universels

QUOI QU'IL EN SOIT, rappelons qu'Épicure instaure un certain genre de vie qui vise la recherche du bonheur. On peut dire que cette recherche du bonheur fait l'objet de la préoccupation de tous. Ainsi certains thèmes épicuriens dépassent de loin leur simple contexte historique : les questions portant sur la crainte de la mort, la souffrance et le conflit entre le désir et la liberté ont traversé les âges et sont par définition toujours d'actualité.

a) La crainte de la mort

La crainte de la mort compte parmi les thèmes que l'on pourrait, à juste titre, qualifier d'universels. Par exemple, on peut imaginer que le lecteur trouvera dans la lecture de la *Lettre à Ménécée* le moyen d'atténuer ses angoisses relatives à la mort. Mieux encore, la dissipation épicurienne de cette crainte pourra aujourd'hui faire débat : faut-il soutenir, avec Épicure, que la mort ne concerne

Lire l'œuvre aujourd'hui

effectivement pas les vivants ? Il faudra repérer dans le texte une réelle ambition : celle de débarrasser le lecteur, quel qu'il soit, de son désir d'immortalité. Cette ambition est-elle légitime ? Peut-elle encore avoir un sens aujourd'hui ? Ce sera au lecteur d'en juger personnellement.

b) La question de la souffrance

Le thème de la souffrance chez Épicure peut aussi apporter des éléments de réflexion à une époque où les questions de l'euthanasie et de l'accompagnement palliatif font encore débat. Selon Épicure, aucune douleur n'est insoutenable : soit la douleur est intense mais de courte durée, soit elle est légère et d'une durée plus longue. Lorsque le corps ne peut plus supporter la douleur, alors il meurt. Le sage, pour Épicure, a toujours le choix de se donner la mort, s'il peut y voir une libération.

c) Le conflit entre le désir et la liberté

Mais ce sont les questions du rapport entre désir et liberté qui restent chez Épicure les plus captivantes pour nous aujourd'hui. Dans une société contemporaine où le désir est notamment construit de toutes pièces par les médias, la lecture de la *Lettre à Ménécée* pourra apporter au lecteur qui en souffre de nombreux conseils. Elle invite notamment à bien faire la différence entre les désirs qui nous sont propres et les désirs qui ne font que résulter de diverses modes et coutumes, lesquels désirs entraînent bien souvent de la douleur. En outre la fortune et la gloire étant aujourd'hui présentées comme ce qu'il y a de plus désirable, la lecture de la *Lettre à Ménécée* permettra de remettre cela en question, et ainsi d'éviter de tomber dans le tourment de l'insatisfaction de nos désirs. Le désir vain provient simplement d'une mauvaise opinion qu'il est toujours en notre pouvoir de dissiper.

En ce sens Épicure nous invite à nous saisir de la liberté qui nous est propre, ceci afin de maîtriser les désirs qui parfois empêchent le bonheur de se réaliser. La doctrine épicurienne est une philosophie rendant possible une certaine rationalisation des désirs.

Le plan de l'œuvre

Après une brève exhortation à la philosophie servant de prologue à la *Lettre* (§§ 122-123), Épicure entre dans le vif du sujet : le soin de l'âme et du corps.

I. Le soin de l'âme : il faut dissiper les troubles de la pensée (§§ 123-127)

ÉPICURE COMMENCE sa réflexion par les deux premiers objets de l'éthique. Ces premiers thèmes sont abordés négativement : a) il ne faut pas craindre les dieux ; b) il ne faut pas craindre la mort.

Ces deux angoisses courantes installent dans l'âme le trouble concernant la vie future. Pour Épicure le bonheur n'est pas à espérer, mais à saisir au présent. Il faut donc commencer par repousser les troubles qui portent l'esprit à s'inquiéter de l'avenir, afin de le laisser se concentrer sur ce qui est immédiatement à sa portée.

a) La crainte des dieux

Les dieux pour Épicure sont victimes de l'opinion vide des hommes, c'est-à-dire de l'opinion factice, construite de toutes pièces par leur imagination. Les dieux ne sont pas ces êtres pervers dont l'image a été transmise par la tradition homérique.

Pour Épicure, les dieux sont hors du temps et n'ont que faire des affaires humaines. Les hommes n'ont donc rien à craindre de tels êtres bienheureux, ni pendant la vie, ni après.

b) La crainte de la mort

La mort non plus n'est pas à craindre, car elle ne concerne pas les vivants. La mort et la vie ne se mêlent pas, mais restent radicalement séparées l'une de l'autre.

De fait, il est impossible d'être contemporain de sa propre mort : par la mort, je ne suis plus présent à moi-même, je ne peux même plus dire « je ». Ainsi la mort échappe à la subjectivité et ne la concerne aucunement. « La mort, dit Épicure dans la *Lettre à Ménécée*, n'est rien pour nous. »

Avant d'aborder l'œuvre

Le plan de l'œuvre

II. Les soins de l'âme et du corps : le désir et le plaisir (§§ 127-131)

Ces deux premières leçons de l'éthique épicurienne ont pour but de centrer la pensée de l'individu sur sa vie présente, et non sur ce qui lui échappe. Il s'agit donc de savoir quels sont les éléments qui, dans notre existence courante, troublent le corps et l'âme. Or le désir, qui sème le trouble dans l'esprit paisible, semble d'abord s'imposer à nous comme le premier élément néfaste.

a) La classification des désirs (§§ 127-128)

Les désirs peuvent être de deux sortes : soit ils sont vains (désir de gloire, désir de fortune, désir d'immortalité) et ils sont alors factices, soit ils sont naturels et s'imposent réellement au corps. Sans s'attarder sur les désirs vains, Épicure s'attachera à bien marquer la distinction entre les désirs naturels et nécessaires, et les désirs naturels uniquement.

b) Le plaisir comme principe (§§ 128-130)

Toutes les décisions qu'un sujet est amené à prendre dans sa vie sont orientées par un seul principe : le principe de plaisir. Aucune personne sensée ne ferait un choix qui entraînerait de la douleur – mettons de côté ici volontairement les actions altruistes (de l'ordre du sacrifice) qui font bien sûr exception à la règle. Le plaisir est l'aiguillon rendant possible la prise de décision dans la vie courante. Cependant, tous les plaisirs ne sont pas bons à prendre. Épicure élabore ainsi, dans cette partie de la *Lettre*, une étude de la nature du plaisir, puis une méthode pour contrebalancer les plaisirs et les peines.

c) L'indépendance ou l'autarcie (§§ 130-132)

Cependant, si le désir est « le principe et le but » de la vie humaine, le sage épicurien ne peut pour autant s'en rendre dépendant. Il ne s'agit donc plus d'avoir *besoin* du plaisir, mais d'en *user*. Autrement dit, être sage, ce n'est plus adopter une attitude passive face au plaisir – subir le plaisir –, mais au contraire le contrôler et le faire intervenir lorsque cela paraît approprié. Le plaisir est, en un sens, l'« outil » de la vie heureuse.

Le plan de l'œuvre

III. *La philosophie comme sagesse pratique* (§§ 132-135)

EN QUOI LA PHILOSOPHIE peut-elle permettre d'atteindre le bonheur ? Pour l'opinion commune, la figure du philosophe semble éloigner de tout avenir heureux. Le sage contemplatif, cet homme de sang-froid qui se tient à l'écart de sa propre vie, peut faire figure de contre-modèle à cette image. Le bonheur et la vraie sagesse se situent au contraire dans le bon usage qu'un homme peut faire de son existence.

a) Le plaisir et la vertu (§ 132)

La philosophie est définie par Épicure comme « prudence », ou *sagesse pratique*. Par contraste, l'auteur soutient donc qu'être philosophe, ce n'est pas s'en tenir à la contemplation des vérités éternelles. Le sage ne doit pas tomber dans cet « idéal contemplatif ». La sagesse pratique est une intelligence de la vie convoquée à chaque instant, à chaque situation, aussi inédite soit-elle. La prudence est présentée comme la condition du bonheur, et le bonheur comme condition de la prudence. Le bonheur et la prudence sont indissociables.

b) Le sage épicurien (§§ 133-134)

Épicure résume alors les grands conseils abordés dans la *Lettre* et dresse le portrait du sage heureux. On y voit apparaître notamment le célèbre *tetrapharmakos*, ou « quadruple remède » (voir la partie Thèmes et concepts, pp. 68-70) : 1. les dieux ne sont pas à craindre ; 2. la mort n'est pas à craindre ; 3. le bonheur est à portée de main ; 4. il est possible de supprimer la douleur.

IV. *Conclusion* (§§ 134-135)

DANS UNE BRÈVE CONCLUSION, Épicure fait retentir la promesse d'un bonheur parfait. L'accès au bonheur suppose de bien se situer face aux événements qui surviennent par hasard (la fortune) et face aux choses nécessaires. Dans cette conclusion, Épicure fait l'éloge de la liberté et insiste sur le fait que le bonheur dépend toujours de celui qui s'en préoccupe : autrement dit, il est possible de « vivre comme un dieu parmi les hommes ».

Les problématiques essentielles

Les problèmes philosophiques abordés dans la *Lettre à Ménécée* sont nombreux. Il ne faut donc pas se laisser surprendre par l'apparente simplicité de celle-ci.

La philosophie

THÈME POUR LE BAC : le bonheur (séries S, ES, L).

COMME CELA A ÉTÉ INDIQUÉ PRÉCÉDEMMENT, la *Lettre à Ménécée* commence par une exhortation à la philosophie. Il s'agit d'abord de déterminer à quel âge il convient de commencer à philosopher, et ensuite de savoir ce qu'est la philosophie.

LA QUESTION DE L'ÂGE requis pour commencer à philosopher est assez classique à l'époque d'Épicure. Elle avait déjà été abordée par exemple chez Platon dans le *Gorgias* (voir la partie Thèmes et concepts [pp. 48-49] où ce point est évoqué). En confondant l'exercice philosophique et le bonheur, Épicure soutient qu'il n'y a pas d'âge pour devenir heureux : la philosophie est de tous les âges. Mais le bonheur n'est pas regardé de la même manière selon les âges : pour le jeune, il s'agit de se préserver des angoisses portant sur l'avenir ; pour le vieillard, de se remémorer le bonheur passé sans nostalgie. Le problème posé est donc le suivant : le bonheur est-il l'affaire d'un instant, par exemple celui de la jeunesse ou de la vieillesse, ou bien est-il au contraire la préoccupation de toute une vie ?

La finitude et l'infini

THÈMES POUR LE BAC : l'existence et le temps (série L), le bonheur (séries S, ES, L).

LA PREMIÈRE PARTIE DU TEXTE aborde négativement la question du bonheur : ni les dieux, ni la mort ne sont à craindre. Ceux-ci ont pour point commun le thème de l'immortalité. Les dieux sont immortels et bienheureux ; l'homme, quant à lui, doit se débarrasser de ce désir d'immortalité qui fait de la mort le pire des maux de la vie et empêche d'être heureux. Le problème philosophique soulevé dans

Les problématiques essentielles

cette première partie concerne donc le rapport de notre finitude à l'infini. Il est possible d'approcher ce problème de deux manières.

1. La mort et la vie

Tout sujet pensant fait l'expérience de sa finitude au cours de l'existence. L'homme est fait de chair, sa puissance est limitée, il vieillit puis finit par mourir. L'existence humaine est donc marquée par la temporalité.

À l'inverse, celle des dieux, d'après la « notion qui en est tracée en nous », apparaît heureuse et infinie. Ici, l'immortalité divine ne signifie pas que les dieux traversent le temps, mais plutôt qu'ils se situent en dehors du temps. Qu'y a-t-il donc de plus désirable que de ne jamais arrêter de vivre ? Pour autant, notre perspective de la mort fait-elle de nous des êtres nécessairement malheureux ? Souvenons-nous, pour répondre à cette question, de la fameuse sentence qui termine la *Lettre à Ménécée* : « Médite donc tous ces enseignements et tous ceux qui s'y rattachent, médite-les jour et nuit, à part toi et aussi en commun avec ton semblable. Si tu le fais, jamais tu n'éprouveras le moindre trouble en songe ou éveillé, et tu vivras comme un dieu parmi les hommes. »

Nous verrons donc que l'éthique épicurienne vise à procurer à l'homme une vie semblable à celle des dieux, dans le cadre limité de sa vie. Autrement dit, malgré le fait que nous soyons mortels, le bonheur reste possible.

2. La qualité et la quantité

Épicure aborde, sous un autre angle, la question de la vie dans l'attente de la mort : vaut-il mieux privilégier une vie longue ou bien une vie agréable ? De fait, la volonté de vivre le plus longtemps possible est alimentée par la crainte de la mort, et cette crainte peut s'avérer efficace. Mais peut-on encore parler ici de vie tranquille ?

Si la vie n'est qu'angoisse de la mort, alors elle ne peut être heureuse. Il serait donc plus prudent de privilégier la qualité de la vie plutôt que sa durée.

Les problématiques essentielles

La question de la maîtrise des désirs

THÈMES POUR LE BAC : la liberté, le désir, le bonheur (séries S, ES, L).

UNE FOIS DÉBARRASSÉ DE SES CRAINTES à propos des dieux et de la mort, l'homme en quête du bonheur se concentrera sur une autre préoccupation essentielle de son existence : son désir. Par nature, le désir s'impose à nous comme un élément purement pathologique. Il est contraire à la volonté qui, elle, se veut rationnelle ; toute prise de décision se présente en effet comme délibérée. Le désir est d'un autre ordre. Le problème posé est donc le suivant : l'homme dispose-t-il d'une volonté suffisamment libre pour maîtriser les désirs qui s'imposent à lui ? En quoi la maîtrise des désirs participe-t-elle de la vie heureuse ?

Le problème des désirs illimités

THÈMES POUR LE BAC : le désir, le bonheur (séries S, ES, L).

LA CLASSIFICATION DES DÉSIRS en « désirs naturels » et en « désirs vains » est sans doute le passage le plus célèbre de la *Lettre à Ménécée*. Le désir peut très bien se porter sur un objet atteignable, et ce en conformité avec notre nature. En revanche, les désirs d'immortalité, de gloire, de richesse traduisent une tendance à vouloir étendre indéfiniment notre puissance. L'amour, par exemple, peut engendrer l'ambition de posséder l'être aimé. De tels désirs sont constamment frustrés car il est impossible de les assouvir. C'est donc, encore une fois, la question des limites qui est abordée : est-il possible de désirer sans souffrir ? Ou bien l'insatisfaction et donc, parallèlement, la souffrance font-elles partie intégrante de notre humaine condition ?

La question de la morale et du plaisir

THÈMES POUR LE BAC : la morale, le bonheur (séries S, ES, L).

ON SE DEMANDERA par ailleurs si le plaisir peut être tenu pour absolument bon, c'est-à-dire s'il est compatible avec la morale. Contrairement à ce qu'affirment les tenants d'une certaine inter-

Les problématiques essentielles

prétation de la *Lettre à Ménécée*, Épicure ne pense pas que tout plaisir constitue le but de l'action humaine. Nous n'avons besoin du plaisir que comme moyen de supprimer ou de contrebalancer une souffrance. Autrement dit, le plaisir n'est là que pour rétablir l'équilibre de l'ataraxie : une âme sans trouble, une âme heureuse.

La question de la liberté et du déterminisme

THÈMES POUR LE BAC : la liberté, le réel (séries S, ES, L).

ENFIN IL SERA INTÉRESSANT de se demander comment la maîtrise de soi, et donc la liberté, est possible dans le cadre d'une théorie atomiste de la nature. En effet, si toutes les choses qui existent sont ramenées à une infinité d'atomes et de vide, comment se fait-il que nos actions ne soient pas mécaniquement déterminées ? Dans ce cadre, peut-on réellement dire que nos actions sont librement choisies ?

Lettre à Ménécée

Épicure

Traduction d'Octave Hamelin (1910)

Lettre

Épicure à Ménécée, salut.

(122)[1] Quand on est jeune il ne faut pas attendre pour philosopher, et quand on est vieux il ne faut pas se lasser de philosopher. Car jamais il n'est trop tôt ou trop tard[2] pour travailler à la santé de l'âme[3]. Or celui qui dit que l'heure de philosopher n'est pas encore arrivée ou est passée ressemble à un homme qui dirait que l'heure d'être heureux n'est pas encore venue ou qu'elle n'est plus. Le jeune homme et le vieillard doivent donc philosopher l'un et l'autre, celui-ci pour rajeunir au contact du bien, en se remémorant les jours agréables du passé ; celui-là afin d'être, quoique jeune, tranquille comme un ancien en face de l'avenir[4]. Par conséquent il faut méditer sur les causes qui peuvent produire le bonheur puisque, lorsqu'il est à nous, nous avons tout, et que, quand il nous manque, nous faisons tout pour l'avoir.

---

1. Dans son ouvrage *Vies, doctrines et sentences des philosophes illustres*, Diogène Laërce (IIIe siècle apr. J.-C.) a, pour la postérité, pris soin de recopier les *Lettres* d'Épicure, ses maximes et son testament. La *Lettre à Ménécée* commence au § 122 du chapitre X des *Vies*. Diogène est, pour beaucoup de philosophes et de chercheurs, la source exclusive d'informations.
2. On peut lire ici un écho des dialogues de Platon. Dans le *Gorgias* (484c-485d), Calliclès, contradicteur de Socrate, affirme que la philosophie n'est bonne que pour la jeunesse. L'homme adulte doit se tourner vers la politique et ne surtout pas perdre son temps dans des loisirs qui le pousseraient à se détourner de ses fonctions. Bien que les interlocuteurs de Socrate soient souvent de jeunes hommes, la véritable philosophie ne commence pour Platon qu'à l'âge où l'on est débarrassé de toutes les passions qui troublent l'âme. Pour Épicure, il faut, au contraire, philosopher à tous les âges. La philosophie est toujours une activité urgente.
3. Nous disposons, dès ces premières lignes du prologue, d'une définition nette de la philosophie : philosopher, c'est, pour Épicure, travailler à la santé de son âme. La philosophie n'est donc pas une simple discipline théorique s'enquérant de la nature des choses. Elle est avant tout une discipline tournée vers la vie, et, en particulier, vers la vie heureuse. La vie humaine ne peut être heureuse que si l'âme est débarrassée de tous les troubles qui la préoccupent.
4. Le bonheur d'une personne d'âge mûr est renfermé dans le souvenir de sa jeunesse, le bonheur du jeune dans son absence d'inquiétude face à l'avenir.

Lettre à Ménécée

(123) Attache-toi donc aux enseignements que je n'ai cessé de te donner et que je vais te répéter ; mets-les en pratique et médite-les, convaincu que ce sont là les principes nécessaires pour bien vivre. (I) (a)[1] Commence par te persuader qu'un dieu est un vivant immortel et bienheureux, te conformant en cela à la notion commune[2] qui en est tracée en nous. N'attribue jamais à un dieu rien qui soit en opposition avec l'immortalité ni en désaccord avec la béatitude ; mais regarde-le toujours comme possédant tout ce que tu trouveras capable d'assurer son immortalité et sa béatitude. Car les dieux existent, attendu que la connaissance qu'on en a est évidente. Mais, quant à leur nature, ils ne sont pas tels que la foule le croit, car la foule ne garde pas intacte la notion qu'elle en a[3]. Et l'impie n'est pas celui qui rejette les dieux de la foule : c'est celui qui attribue aux dieux ce que leur prêtent les opinions de la foule. (124) Car les affirmations de la foule sur les dieux ne sont pas des prénotions, mais bien des présomptions fausses[4]. Et ces présomptions fausses font que les dieux sont censés être pour les méchants la source des plus grands maux comme, d'autre part, pour les bons

---

1. Pour le confort du lecteur, nous avons choisi d'insérer dans le texte des marqueurs visant à distinguer les différentes parties de la *Lettre*, en chiffres romains pour les grandes parties (I, II, etc.), en lettres minuscules (a, b, etc.) pour les sous-parties. Pour un résumé plus général, on se reportera à la partie consacrée au plan de l'œuvre (pp. 23-25).
2. Il ne faudrait pas commettre ici de contresens : les notions communes, pour Épicure, ne désignent pas l'idée innée que nous pourrions avoir des dieux (comme par exemple chez Descartes, dans la troisième des *Méditations métaphysiques*). Comme l'auteur le dit en début de phrase, les dieux doivent être considérés comme des êtres vivants, c'est-à-dire des êtres corporels composés d'atomes et de vide. En outre, tous les corps émettent une fine pellicule d'atomes rendant possible leur perception par la sensation (les simulacres). La seule différence entre le corps des dieux et les autres corps accessibles directement aux sens réside dans la finesse des atomes dont ils sont composés. Ainsi, les atomes dont les dieux sont composés ne sont pas accessibles aux sens, mais peuvent tout de même entrer en contact avec la raison et y laisser une trace : la prénotion. C'est pourquoi la connaissance que nous en avons est évidente.
3. Épicure amorce ici une critique de la religion populaire.
4. Il faut bien faire ici la différence entre les prénotions et les présomptions. Les présomptions sont des jugements, des conjectures ajoutés par l'esprit aux prénotions, qui, elles, nous informent immédiatement de la nature de l'objet considéré. Ces présomptions sont donc factices.

Lettre à Ménécée

la source des plus grands biens. Mais la multitude, incapable de se déprendre de ce qui est chez elle et à ses yeux le propre de la vertu, n'accepte que des dieux conformes à cet idéal et regarde comme absurde tout ce qui s'en écarte.

(b) Prends l'habitude de penser que la mort n'est rien pour nous. Car tout bien et tout mal résident dans la sensation : or la mort est privation de toute sensation. Par conséquent, la connaissance de cette vérité que la mort n'est rien pour nous, nous rend capables de jouir de cette vie mortelle, non pas en y ajoutant la perspective d'une durée infinie, mais en nous enlevant le désir de l'immortalité[1]. (125) Car il ne reste plus rien à redouter dans la vie, pour qui a vraiment compris que hors de la vie il n'y a rien de redoutable. On prononce donc de vaines paroles quand on soutient que la mort est à craindre, non pas parce qu'elle sera douloureuse étant réalisée, mais parce qu'il est douloureux de l'attendre. Ce serait en effet une crainte vaine et sans objet que celle qui serait produite par l'attente d'une chose qui ne cause aucun trouble par sa présence.

Ainsi celui de tous les maux qui nous donne le plus d'horreur[2], la mort, n'est rien pour nous, puisque, tant que nous existons nous-mêmes, la mort n'est pas, et que, quand la mort est là, nous ne sommes plus. Donc la mort n'existe ni pour les vivants ni pour les morts, puisqu'elle n'a rien à faire avec les premiers, et que les seconds ne sont plus. Mais la multitude tantôt fuit la mort comme

---

1. En effet, une autre manière de nous rassurer à propos de la mort serait d'admettre que nous possédons une âme absolument immatérielle et donc incorruptible. Si notre âme est éternelle, alors le sage n'a rien à craindre devant sa mort prochaine. Il s'agit là, en un sens, de la méthode employée par Platon dans le *Phédon*. Ce présupposé est inacceptable selon Épicure pour qui, tout, y compris l'âme, est matériel. Ainsi la dissolution de la crainte de la mort ne se fait pas positivement, mais négativement : c'est en supprimant notre désir d'immortalité que notre vie mortelle devient joyeuse. Si ce désir nous est retiré, alors la mort ne peut plus être considérée comme un mal.
2. La stratégie argumentative d'Épicure est ici la suivante : si nous supprimons les maux que nous craignons le plus, alors nous n'avons plus grand-chose à craindre tout au long de notre existence. Outre la mort, il restera tout de même une autre crainte à dissoudre : celle de la souffrance qui accompagne la mort.

Lettre à Ménécée

le pire des maux, tantôt l'appelle comme le terme des maux de la vie[1]. (126) Le sage, au contraire, ne fait pas fi de la vie et il n'a pas peur non plus de ne plus vivre : car la vie ne lui est pas à charge, et il n'estime pas non plus qu'il y ait le moindre mal à ne plus vivre. De même que ce n'est pas toujours la nourriture la plus abondante que nous préférons, mais parfois la plus agréable, pareillement ce n'est pas toujours la plus longue durée qu'on veut recueillir, mais la plus agréable. Quant à ceux qui conseillent aux jeunes gens de bien vivre et aux vieillards de bien finir, leur conseil est dépourvu de sens, non seulement parce que la vie a du bon même pour le vieillard, mais parce que le soin de bien vivre et celui de bien mourir ne font qu'un. On fait pis encore quand on dit qu'il est bien de ne pas naître, ou, « une fois né, de franchir au plus vite les portes de l'Hadès ». (127) Car si l'homme qui tient ce langage est convaincu, comment se fait-il qu'il ne quitte pas la vie ? C'est là en effet une chose qui est toujours à sa portée, s'il veut sa mort d'une volonté ferme. Que si cet homme plaisante, il montre de la légèreté en un sujet qui n'en comporte pas. Rappelle-toi que l'avenir n'est ni à nous ni pourtant tout à fait hors de nos prises, de telle sorte que nous ne devons ni compter sur lui comme s'il devait sûrement arriver, ni nous interdire toute espérance, comme s'il était sûr qu'il dût ne pas être[2].

(II) (a) Il faut se rendre compte que parmi nos désirs les uns sont naturels, les autres vains, et que, parmi les désirs naturels, les uns sont nécessaires et les autres naturels seulement. Parmi les désirs nécessaires, les uns sont nécessaires pour le bonheur, les autres pour la tranquillité du corps, les autres pour la vie même[3]. Et en effet une théorie non erronée des désirs doit rapporter tout choix et toute aversion à la santé du corps et à l'ataraxie de l'âme,

---

1. Certains considèrent en effet que la mort libère des maux de la vie. Ce ne sera pas le cas du sage, qui sait profiter des choses de la vie. Épicure aborde ici le thème de la vie heureuse.
2. Le thème est ici la liberté : il est des choses qui dépendent de nous (le bonheur, la vie heureuse), d'autres qui n'en dépendent pas (le monde physique). Le bonheur n'est donc pas hors d'atteinte. Épicure s'oppose ici à toute doctrine qui soutiendrait l'existence d'un destin ou d'un déterminisme complet.
3. Voir sur ce point la partie Thèmes et concepts (pp. 61-68).

Lettre à Ménécée

puisque c'est là la fin même de la vie heureuse[1]. (128) (b) Car nous faisons tout afin d'éviter la douleur physique et le trouble de l'âme[2]. Lorsqu'une fois nous y avons réussi, toute l'agitation de l'âme tombe, l'être vivant n'ayant plus à s'acheminer vers quelque chose qui lui manque, ni à chercher autre chose pour parfaire le bien-être de l'âme et celui du corps[3]. Nous n'avons en effet besoin du plaisir que quand, par suite de son absence, nous éprouvons de la douleur ; et quand nous n'éprouvons pas de douleur nous n'avons plus besoin du plaisir[4]. C'est pourquoi nous disons que le plaisir est le commencement et la fin de la vie heureuse. (129) En effet, d'une part, le plaisir est reconnu par nous comme le bien primitif et conforme à notre nature[5], et c'est de lui que nous partons pour déterminer ce qu'il faut choisir et ce qu'il faut éviter ; d'autre part, c'est toujours à lui que nous aboutissons, puisque ce sont nos affections qui nous servent de critère pour mesurer et apprécier tout bien quelconque si complexe qu'il soit[6]. Mais, précisément parce que le plaisir est le bien primitif et conforme à notre nature, nous ne recherchons pas tout plaisir, et il y a des cas où nous passons par-dessus beaucoup de plaisirs, savoir lorsqu'ils doivent

---

1. Voir la synthèse et le schéma du désir dans la partie Thèmes et concepts (pp. 61-64). Il faut entendre ici la notion de fin au sens d'aboutissement et de perfection.
2. Tels sont les deux principes qui commandent la vie heureuse selon Épicure : l'ataraxie (absence de troubles de l'âme) et l'aponie (absence de troubles du corps).
3. Dans ce passage, Épicure affirme clairement que le bonheur ne correspond pas à un état d'opulence : au contraire, il s'agit plutôt d'un état dans lequel l'âme et le corps se maintiennent dans un certain équilibre, celui de l'ataraxie (ou « absence de troubles »).
4. Il faudra donc, pour atteindre l'ataraxie, bien comprendre que le plaisir est seulement là pour compenser la douleur. Lorsqu'au contraire, l'âme et le corps ne sont pas troublés, alors le plaisir devient vain. Le plaisir est donc pour Épicure non pas une fin en soi, mais un principe de compensation. Autrement dit, il faut mesurer le plaisir en fonction des peines.
5. En effet, tout être vivant trouve dans le plaisir une véritable satisfaction.
6. Passage important : Épicure affirme ici que le plaisir est un critère pratique. Autrement dit, c'est à la lumière des plaisirs que nos actions sont susceptibles d'apporter que nous mesurons celles-ci et choisissons de les exécuter ou non.

Lettre à Ménécée

avoir pour suite des peines qui les surpassent[1] ; et, d'autre part, il y a des douleurs que nous estimons valoir mieux que des plaisirs, savoir lorsque, après avoir longtemps supporté les douleurs, il doit résulter de là pour nous un plaisir qui les surpasse[2]. Tout plaisir, pris en lui-même et dans sa nature propre, est donc un bien, et cependant tout plaisir n'est pas à rechercher[3] ; pareillement, toute douleur est un mal, et pourtant toute douleur ne doit pas être évitée. (130) En tout cas, chaque plaisir et chaque douleur doivent être appréciés par une comparaison des avantages et des inconvénients à attendre. Car le plaisir est toujours le bien, et la douleur le mal ; seulement il y a des cas où nous traitons le bien comme un mal, et le mal, à son tour, comme un bien.

(c) C'est un grand bien à notre avis que de se suffire à soi-même, non qu'il faille toujours vivre de peu, mais afin que si l'abondance nous manque, nous sachions nous contenter du peu que nous aurons, bien persuadés que ceux-là jouissent le plus vivement de l'opulence qui ont le moins besoin d'elle, et que tout ce qui est naturel est aisé à se procurer, tandis que ce qui ne répond pas à un désir naturel est malaisé à se procurer[4]. En effet, des mets simples donnent un plaisir égal à celui d'un régime somptueux si toute la douleur causée par le besoin est supprimée,

---

1. Tout plaisir n'est pas bon à prendre. En effet, certains plaisirs excessifs peuvent à leur tour entraîner de la douleur. Il faut donc s'en tenir à des plaisirs simples, sans jamais regretter les moments d'opulence. L'utilisation du verbe « surpasser » montre bien qu'Épicure traite toujours du thème du calcul des plaisirs et des peines.
2. On se doute que la consultation d'un médecin – surtout dans l'Antiquité – n'était pas une pure partie de plaisir. La douleur doit donc être parfois comprise comme la condition nécessaire à l'ataraxie et, pour notre exemple, à la santé du corps.
3. C'est pourquoi, il faut, dans la mesure du possible, s'en tenir aux seuls désirs naturels et nécessaires.
4. En lisant cette phrase, on s'aperçoit que l'épicurisme n'est pas un ascétisme strict. Autrement dit, il ne s'agit pas de toujours vivre de peu, mais, au contraire, de ne pas s'habituer à l'opulence lorsque surviennent les temps de famine. Ainsi il dépend de nous ne nous satisfaire de peu, en prévision d'un changement ou d'un cataclysme, qui, lui, ne dépend pas de nous. On voit donc qu'apparaît déjà ici le thème de la prudence face à la mauvaise fortune, qui ne sera pleinement développé que quelques lignes plus bas.

Lettre à Ménécée

(131) et, d'autre part, du pain d'orge et de l'eau procurent le plus vif plaisir à celui qui les porte à sa bouche après en avoir senti la privation. L'habitude d'une nourriture simple et non pas celle d'une nourriture luxueuse, convient donc pour donner la pleine santé, pour laisser à l'homme toute liberté de se consacrer aux devoirs nécessaires de la vie, pour nous disposer à mieux goûter les repas luxueux[1], lorsque nous les faisons après des intervalles de vie frugale, enfin pour nous mettre en état de ne pas craindre la mauvaise fortune. Quand donc nous disons que le plaisir est le but de la vie, nous ne parlons pas des plaisirs des voluptueux inquiets, ni de ceux qui consistent dans les jouissances déréglées, ainsi que l'écrivent des gens qui ignorent notre doctrine, ou qui la combattent et la prennent dans un mauvais sens. Le plaisir dont nous parlons est celui qui consiste, pour le corps, à ne pas souffrir et, pour l'âme, à être sans trouble. (132) Car ce n'est pas une suite ininterrompue de jours passés à boire et à manger, ce n'est pas la jouissance des jeunes garçons et des femmes, ce n'est pas la saveur des poissons et des autres mets que porte une table somptueuse, ce n'est pas tout cela qui engendre la vie heureuse, mais c'est le raisonnement vigilant, capable de trouver en toute circonstance les motifs de ce qu'il faut choisir et de ce qu'il faut éviter, et de rejeter les vaines opinions d'où provient le plus grand trouble des âmes[2].

(III) (a) Or, le principe de tout cela et par conséquent le plus grand des biens, c'est la prudence. C'est pourquoi, en un sens plus précieux, la prudence résulte de la philosophie, de laquelle toutes les autres vertus sont issues : elle nous enseigne qu'il n'y a pas moyen de vivre agréablement si l'on ne vit pas avec prudence, honnêteté et justice, et qu'il est impossible de vivre avec prudence, honnêteté et justice si l'on ne vit pas agréablement. Les vertus en effet, ne sont que des suites naturelles et nécessaires de la vie

---

1. Autre argument : l'habitude de plaisirs simples permet de mieux apprécier les rares fois où l'on goûte à des plaisirs luxueux.
2. Le plaisir est présenté encore une fois comme la finalité de la vie bienheureuse. Mais cette finalité requiert la prudence et la raison comme vertus.

Lettre à Ménécée

agréable et, à son tour, la vie agréable ne saurait se réaliser en elle-même et à part des vertus.

(133) (b) Et maintenant y a-t-il quelqu'un que tu mettes au-dessus du sage ? Il s'est fait sur les dieux des opinions pieuses ; il est constamment sans crainte en face de la mort ; il a su comprendre quel est le but de la nature ; il s'est rendu compte que ce souverain bien est facile à atteindre et à réaliser dans son intégrité, qu'en revanche le mal le plus extrême est étroitement limité quant à la durée ou quant à l'intensité[1] ; il se moque du destin, dont certains font le maître absolu des choses. Il dit d'ailleurs que, parmi les événements, les uns relèvent de la nécessité, d'autres de la fortune, les autres enfin de notre propre pouvoir, attendu que la nécessité n'est pas susceptible qu'on lui impute une responsabilité, que la fortune est quelque chose d'instable, tandis que notre pouvoir propre, soustrait à toute domination étrangère, est proprement ce à quoi s'adressent le blâme et son contraire[2].

(134) Et certes mieux vaudrait s'incliner devant toutes les opinions mythiques sur les dieux que de se faire les esclaves du destin des physiciens, car la mythologie nous promet que les dieux se laisseront fléchir par les honneurs qui leur seront rendus, tandis que le destin, dans son cours nécessaire, est inflexible ; il n'admet pas, avec la foule, que la fortune soit une divinité – car un dieu ne fait jamais d'actes sans règles, ni qu'elle soit une cause inefficace : il ne croit pas, en effet, que la fortune distribue aux hommes le

---

1. Ces quatre derniers éléments reprennent le contenu du *tetrapharmakos*, ou « quadruple remède ». Ces préceptes ont pour fonction de résumer en une simple formule toute l'éthique épicurienne. Voir sur ce point la partie Thèmes et concepts (pp. 69-70), ainsi que les *Maximes capitales* I à IV dans la partie Mise en perspective (pp. 80-86). En revanche, le thème de la douleur n'est pas abordé plus explicitement dans la *Lettre*. L'idée est ici la suivante : aucune douleur n'est insupportable car, dès lors qu'elle le devient, le corps meurt. Ainsi, la douleur elle-même est limitée de part la durée et l'intensité. Une faible douleur dure longtemps, une douleur intense dure peu de temps.
2. Épicure fait ici une brève allusion au principe de la morale : le blâme et son contraire ne peuvent faire l'objet d'un jugement que si l'on suppose la liberté de la volonté.

Lettre à Ménécée

bien et le mal, suffisant ainsi à faire leur bonheur et leur malheur, il croit seulement qu'elle leur fournit l'occasion et les éléments de grands biens et de grands maux ; (135) enfin il pense qu'il vaut mieux échouer par mauvaise fortune, après avoir bien raisonné, que réussir par heureuse fortune, après avoir mal raisonné – ce qui peut nous arriver de plus heureux dans nos actions étant d'obtenir le succès par le concours de la fortune lorsque nous avons agi en vertu de jugements sains.

Médite donc tous ces enseignements et tous ceux qui s'y rattachent, médite-les jour et nuit, à part toi et aussi en commun avec ton semblable. Si tu le fais, jamais tu n'éprouveras le moindre trouble en songe ou éveillé, et tu vivras comme un dieu parmi les hommes. Car un homme qui vit au milieu de biens impérissables ne ressemble en rien à un être mortel.

POUR
APPROFONDIR

Clefs d'analyse

Prologue (§§ 122-123)
[pp. 32-33]

Y a-t-il un âge pour être heureux ?

1. Pourquoi n'est-il jamais trop tôt ni trop tard pour commencer à philosopher ?
2. Comment Épicure définit-il l'activité philosophique ? Qu'est-ce que la « santé de l'âme » ?
3. Pourquoi le bonheur concerne-t-il toutes les périodes de la vie ?
4. Pourquoi est-il absurde de dire que l'heure d'être heureux n'est pas arrivée ou bien qu'elle est passée ?

Le bonheur

5. Qu'est-ce que la « santé de l'âme » ? Qu'est-ce qu'une âme en bonne santé ? Qu'est-ce qu'une âme en mauvaise santé ?
6. Le jeune et le vieillard sont-ils heureux de la même manière ? Quelle est la différence entre le bonheur du jeune et le bonheur de la personne d'âge mûr ?
7. Que peut-on en déduire de leurs craintes respectives ? Sont-elles identiques ou bien au contraire différentes ?
8. Quel est le rôle de la mémoire dans le bonheur du vieillard ? En quoi l'avenir peut-il être une source d'angoisse pour le jeune ?

Le programme de la Lettre à Ménécée

9. Quel est l'objet de cette recherche du bonheur ?
10. Pourquoi faut-il mettre en pratique les enseignements d'Épicure ?
11. Pourquoi faut-il les méditer ?
12. En quel sens peut-on entendre la notion de « principe » à la fin du prologue ?

À retenir

La lettre est présentée dans le prologue comme un protreptique, c'est-à-dire une exhortation à la philosophie. En ce sens, cette **Lettre** n'est pas simplement une correspondance. L'auteur a ici un ascendant philosophique et pédagogique sur son destinataire.

Clefs d'analyse

Première partie de la *Lettre* (§§ 123-127) [pp. 33-36]

La crainte des dieux

1. Quelle est cette « notion commune » des dieux qui est tracée en nous ? Comment expliquer que nous avons une connaissance évidente de l'immortalité et de la béatitude divine ?

2. Pourquoi la crainte des dieux n'est-elle pas fondée ? Qu'est-ce que l'opinion de la foule ? Quel est son rôle dans la superstition ?

3. Pourquoi la foule ne garde-t-elle pas intacte la notion qu'elle a des dieux ?

4. Quelle est donc la définition de l'impiété pour Épicure ?

La mort n'est rien pour nous

5. Pourquoi Épicure écrit-il qu'il faut « prendre l'habitude » de penser que la mort n'est rien pour nous ?

6. En quoi tout bien et tout mal résident-ils dans la sensation ? Pourquoi la mort est-elle « privation de sensation » ? Que faut-il ici entendre par « privation » ?

7. En quoi la suppression du désir d'immortalité entraîne-t-elle la possibilité de jouir de la vie mortelle ? En quoi ce désir d'immortalité est-il nocif pour la santé de l'âme ?

Les opinions courantes sur la mort

8. En quoi fuir la mort est-ce n'attacher aucune importance à la vie ?

9. Pour Épicure, vaut-il mieux vivre longtemps ou vivre agréablement ?

10. Expliquez la phrase : « Rappelle-toi que l'avenir n'est ni à nous ni pourtant tout à fait hors de nos prises. » À quelle notion du programme peut-on rattacher cette pensée ?

> ### À retenir
> Lorsque Épicure applique les notions de bien et de mal à la mort, il n'entend pas ces notions dans leur sens moral. Il s'agit plutôt de montrer que la mort n'est ni à désirer, ni à fuir.

Clefs d'analyse

**Deuxième partie de la *Lettre*
(§§ 127-131) [pp. 35-38]**

La classification des désirs

1. Quels exemples pourrait-t-on apporter pour éclaircir ce qu'Épicure entend par « désirs vains » ? Par « désirs naturels » nécessaires ? Par « désirs naturels » seulement ?

2. Quel est ici le sens de « nécessaire » ? Épicure entend-il ce concept en un sens absolu ou relatif ?

3. À quoi Épicure fait-il implicitement référence lorsqu'il parle de « désirs nécessaires pour le bonheur » ? Pour la « tranquillité du corps » ? Pour la vie même ?

La douleur et le plaisir

4. Épicure conseille-t-il de rechercher à tout prix le plaisir ou bien simplement d'éviter la douleur ?

5. De quoi la douleur et le trouble sont-ils le « manque » ?

6. Quelle est la fonction du plaisir dans l'ataraxie de l'âme ? Est-ce un moyen ou une fin ?

7. Pourquoi n'avons-nous plus besoin de plaisir quand nous n'éprouvons pas de douleur ?

Le plaisir et l'action

8. En quoi le plaisir est-il « conforme à notre nature » ?

9. Pourquoi nos affections (plaisir, douleur) nous servent-elles de critères pour mesurer et apprécier tout bien ? Quel est ici le sens de « critère » ?

10. Pourquoi tout plaisir n'est-il pas bon à prendre ? Pourquoi, dans certains cas, faut-il choisir de souffrir ?

À retenir

Toute douleur n'est pas un mal. Parfois certaines douleurs engendrent la tranquillité du corps et de l'esprit. Par exemple, une visite chez le médecin peut s'avérer douloureuse, mais le corps se sent par la suite soulagé et recouvre une bonne santé.

Clefs d'analyse

**Troisième partie de la *Lettre*
(§§ 132-135) [pp. 38-40]**

Le plaisir et l'excès

1. Qu'est-ce que « se suffire à soi-même » ?
2. Pourquoi ne faut-il pas prendre l'habitude de vivre dans l'abondance ? Faut-il pour autant s'en empêcher ?
3. En quoi cette perte d'habitude constitue-t-elle un principe de prudence ? Faut-il nécessairement vivre de peu pour être heureux ?
4. Quelle est la différence entre les plaisirs voluptueux et ceux qui consistent à vivre sans trouble ?
5. Pourquoi le plaisir voluptueux n'entraîne-t-il pas la vie heureuse ?

La prudence

6. Qu'est-ce que la prudence ? Pourquoi faut-il la mettre au-dessus de la philosophie même ?
7. En quoi la prudence est-elle la condition du bonheur ? En quoi le bonheur est-il la condition de la prudence ?

Le sage épicurien

8. Quels sont les quatre grands principes du *tetrapharmakos* ? (voir la note 1, p. 39).
9. En quoi la douleur est-elle toujours limitée quant à la durée et à l'intensité ?
10. Sur quelle conception du monde et de l'homme s'appuie la morale épicurienne ? Sur quoi reposent l'éloge et le blâme ?
11. Le sage épicurien est-il déterministe ? Pense-t-il au contraire que les hommes sont libres ? Expliquez la nuance introduite par l'auteur dans le texte.

> ### À retenir
> *Épicure est un penseur de la liberté humaine dans le cadre du déterminisme de la nature. Certaines choses dépendent de nous, d'autres non ; c'est pourquoi le bonheur est à notre portée. La position d'Épicure sur ce point est très proche de celle des stoïciens.*

Thèmes et concepts

Le préambule de la *Lettre à Ménécée* (§ 122)

I. La nature du texte

Ce texte d'Épicure est une lettre adressée à l'un de ses disciples, le jeune Ménécée, à propos duquel nous ne savons pas grand-chose, sinon qu'il a fréquenté l'école du Jardin. Le texte d'Épicure appartient donc en cela au genre épistolaire.

Cependant, en philosophie, l'adoption d'un certain genre littéraire n'est pas anodin et présente, du point de vue de notre compréhension de la doctrine qu'il transmet, une précieuse source d'information. En effet, la *Lettre à Ménécée* se présente comme un récapitulatif des points essentiels de la doctrine épicurienne. Il ne s'agit pas d'une correspondance courante : hormis les salutations d'Épicure à Ménécée, aucun élément personnel, aucune précision concernant le destinataire de la lettre n'apparaissent dans le texte.

Cette lettre a en outre pour vocation pédagogique et didactique de proposer un résumé de la doctrine épicurienne, et cela, pour aider les disciples à en retenir les principes et à encourager leur application. Une telle exhortation à la philosophie se nomme dans l'Antiquité le « protreptique ».

II. Qu'est-ce que la philosophie ?

a) La philosophie et le bonheur

Il est aisé de se rendre compte, dès les premières lignes du texte, que le bonheur est le thème central de la *Lettre à Ménécée*. Épicure commence en effet sa lettre par une identification entre l'activité philosophique et la recherche du bonheur : « Celui qui dit que le temps de philosopher n'est pas encore venu ou qu'il est passé est semblable à celui qui dit que le temps du bonheur n'est pas encore venu ou qu'il n'est plus. »

- *Qu'est-ce que la philosophie ?*

La philosophie n'est pas une activité strictement théorique destinée à accroître le savoir ou encore à faire progresser la science. Pour Épi-

Thèmes et concepts

cure comme pour de nombreux penseurs à l'époque hellénistique, la philosophie doit au contraire s'appuyer sur la science, comprendre la nature du bonheur et rendre celui-ci réalisable. Autrement dit, le bonheur doit être considéré comme la fin ou le but de l'activité philosophique.

Il serait alors possible, d'entrée de jeu, de poser la question suivante : pourquoi la philosophie prétend-elle être en mesure de s'accaparer la question du bonheur, question qui, de plus, anime absolument tous les êtres humains ? Il est en outre tout à fait possible d'objecter à Épicure que le bonheur est une affaire strictement privée : le bonheur, s'il peut être partagé, est propre à chaque individu. Chacun est en droit de chercher le bonheur à sa manière.

- *Le bonheur, une préoccupation universelle*

Épicure, en un sens, élève bien la question du bonheur au rang de question universelle car le bonheur est une affaire qui préoccupe tout le monde. Or, laissée à elle-même, la recherche du bonheur peut faire l'objet d'une fascination et entraîner les hommes vers son contraire. Certains diront par exemple que le bonheur réside dans la richesse, d'autres dans la gloire et la célébrité. Or, et c'est là toute la leçon d'Épicure sur cette question, la richesse et la gloire risquent bien souvent d'entraîner plus de malheur que de bonheur.

- *Y a-t-il une méthode pour bien rechercher le bonheur ?*

Il ne s'agit cependant pas pour Épicure de proposer une « recette » du bonheur, où figureraient tous les ingrédients nécessaires à sa réalisation, mais au contraire une *méthode* pour bien le rechercher dans la variété des cas particuliers qui se présentent à nous.

Suivre une *méthode* c'est emprunter un *chemin* : il s'agit de choisir un certain genre de vie dans lequel les conditions du bonheur sont toutes réunies. Autrement dit, la philosophie épicurienne n'assure pas cet accès au bonheur. Il faut la pratiquer, l'exercer à chaque instant de notre existence. Seule la philosophie peut réunir les conditions nécessaires pour atteindre ce bonheur que tous les hommes recherchent.

Thèmes et concepts

b) Le bonheur et l'ataraxie

• Le bonheur réside-t-il dans le seul plaisir ?

Mais qu'est-ce que le bonheur ? C'est là le problème central soulevé dans la *Lettre à Ménécée* et qui sera développé dans cette étude. À l'époque, il est déjà très courant d'affirmer que le bonheur réside dans un plaisir plein et durable. De ce point de vue, l'atteinte d'un bonheur constant semble difficile, car, par définition, tout bonheur est simplement passager.

• Une âme et un corps sans trouble

Cependant, Épicure ne conçoit pas positivement le bonheur : il ne peut être durable qu'à condition de le définir comme « ataraxie ». Dans le vocabulaire épicurien, ataraxie (du grec *ataraxia*) signifie littéralement « absence de troubles ». Ainsi, le bonheur ne réside pas dans une jouissance pleine et constante, mais dans le fait de ne subir aucune douleur ni aucune angoisse. Toute l'éthique épicurienne présentée dans la *Lettre à Ménécée* consistera à fournir une méthode pour assurer à son âme et à son corps la plus grande tranquillité.

c) Y a-t-il un âge pour faire de la philosophie ?

Puisque la recherche du bonheur est une préoccupation commune à tous, il convient de philosopher le plus tôt possible afin de ne pas prendre de mauvaises habitudes, toujours difficiles à corriger. Ainsi : « Quand on est jeune, il ne faut pas attendre pour philosopher [...] ». De même il ne s'agit pas d'arrêter de philosopher une fois la jeunesse passée : « [...] et quand on est vieux, il ne faut pas se lasser de philosopher. »

• Une question classique

Cette question de l'âge requis pour faire de la philosophie n'est pas dérisoire. Elle fait débat à une époque où un homme, dès le plus jeune âge, doit se tenir prêt à faire la guerre. Or, la philosophie ne forme pas des conquérants, mais seulement des citoyens heureux et en paix avec eux-mêmes.

Ainsi, dans le *Gorgias* de Platon, Calliclès s'adresse à Socrate en ces termes : « Il est beau d'étudier la philosophie dans la mesure où elle sert à l'instruction et il n'y a pas de honte pour un jeune gar-

Thèmes et concepts

çon à philosopher ; mais, lorsqu'on continue à philosopher dans un âge avancé, la chose devient ridicule, Socrate, et, pour ma part, j'éprouve à l'égard de ceux qui cultivent la philosophie un sentiment très voisin de celui que m'inspirent les adultes qui balbutient et font les enfants. Quand je vois un petit enfant, à qui cela convient encore, balbutier et jouer, cela m'amuse et me paraît charmant, digne d'un homme libre et séant à cet âge, tandis que, si j'entends un bambin causer avec netteté, cela me paraît choquant, me blesse l'oreille et j'y vois quelque chose de servile. Mais si c'est un homme fait qu'on entend ainsi balbutier et qu'on voit jouer, cela semble ridicule, indigne d'un homme, et mérite le fouet. » (Platon, *Gorgias*, 484c-485e).

• *Le vieux philosophe mérite le fouet*

Pour Calliclès, la philosophie doit être seulement pratiquée pendant la jeunesse, mais une telle activité n'est pas digne d'un Athénien dont la seule préoccupation doit être de servir l'État. Au contraire, pour Platon, la jeunesse est une période d'adaptation et d'exercice. Seul un homme âgé est capable de philosopher : la jeunesse est synonyme de passion, d'attachement au corps, et est en cela contraire à la « déliaison » de l'âme et du corps qui, pour Platon, est la condition même de la philosophie.

• *L'urgence de la question du bonheur*

Pour Épicure, les choses sont différentes : la philosophie n'est pas définie comme le fait de cultiver un quelconque idéal contemplatif. Au contraire, la philosophie n'est rien d'autre que la recherche des causes susceptibles de provoquer le bonheur ; or, le bonheur qu'elle rend possible convient à tous les âges. Plus encore, il est urgent de philosopher au plus tôt. Cependant, le jeune et l'ancien ne sont pas à égalité face au bonheur, comme en témoigne la dix-septième *Sentence vaticane* : « Ce n'est pas le jeune qui est bienheureux, mais le vieux qui a bien vécu : car le jeune, plein de vigueur, erre, l'esprit égaré par la fortune ; tandis que le vieux, dans la vieillesse comme dans un port, a ancré les biens qu'il avait auparavant espérés dans l'incertitude, les ayant mis à l'abri par le moyen sûr de la gratitude. »

Thèmes et concepts

En effet, le jeune est face à un avenir incertain, et ce, même s'il n'est plus troublé par la crainte de la mort. L'ancien, lui, a vécu : non seulement il ne craint plus la mort, mais il se souvient des biens passés. Il peut ainsi revivre en pensée ses plaisirs d'antan.

Le corps de la *Lettre* (§§ 123-134)

I. Le soin de l'âme : dissiper les troubles de la pensée (§§ 123-127)

Comme il n'y a pas d'âge pour être heureux (et donc pour philosopher), il convient de méditer sur les causes susceptibles de provoquer le bonheur et celles qui l'empêchent de se réaliser. La première partie de la *Lettre* porte ainsi sur les soins qu'il faut apporter à l'âme pour éviter l'angoisse : il ne faut craindre ni les dieux, ni la mort.

a) Ne plus craindre les dieux (§§ 123-124)

Dans l'Antiquité, la religion populaire était alimentée par une crainte permanente des dieux. En effet, les hommes étaient alors persuadés que les dieux pouvaient intervenir dans leurs affaires. Ils tenaient les dieux pour responsables de leurs réussites et de leurs échecs et vivaient en ce sens dans la crainte de l'avenir, soumis au bon vouloir de dieux tout-puissants. Ainsi, la crainte des dieux trouble la tranquillité de l'âme.

Dans la première partie de la *Lettre à Ménécée*, Épicure dénonce une forme de superstition. Parce qu'elle attribue aux dieux des intentions qu'ils n'ont pas, la religion populaire est impie : elle repose sur une fausse idée de la divinité.

Toute l'argumentation d'Épicure repose sur une distinction entre deux concepts fondamentaux de sa doctrine : « Car les affirmations de la foule sur les dieux ne sont pas des *prénotions*, mais bien des *présomptions* fausses. »

Les présomptions sont des idées factices, construites par l'influence de l'opinion que les hommes partagent à propos d'une certaine chose. Les présomptions s'opposent en cela aux prénotions

Thèmes et concepts

(ou « notions communes ») qui sont des idées abstraites et vraies présentant le caractère de l'évidence. Pour bien saisir la différence entre ces deux concepts, il convient de faire un détour par la théorie de la connaissance épicurienne, essentiellement présentée dans la *Lettre à Hérodote*.

✳ Physique et théorie épicurienne de la connaissance

• *La physique atomiste épicurienne*

On qualifie de « matérialiste » une doctrine philosophique prônant absolument que toutes les choses qui existent, existent matériellement. L'adverbe « matériellement » renvoie essentiellement à l'idée de matière. Pour Épicure, que l'on classe habituellement parmi les philosophes matérialistes, tout objet ou tout être vivant est composé d'un nombre fini d'atomes (*a-tome* : littéralement « insécable », « qu'on ne peut couper »), c'est-à-dire de particules élémentaires de matière qui, elles, ne sont pas décomposables.

• *La théorie de la connaissance*

La théorie de la connaissance, ou « gnoséologie », est l'étude de la manière dont notre connaissance du monde se constitue. Une grande partie de cette théorie est donc dédiée à la sensation : c'est par l'intermédiaire des cinq sens que nous percevons la réalité du monde.

S'il n'y a, dans l'espace, rien d'autre que des atomes et du vide, il faut donc qu'il y ait un intermédiaire entre un objet et le sens qui le perçoit. La question est alors de savoir comment la sensation permet de percevoir des objets qui n'existent que sous la forme d'agrégats d'atomes.

• *Le simulacre*

Aujourd'hui, nous savons que la perception des objets matériels se fait, pour la vue par exemple, par le biais de la lumière réfléchie. Selon la doctrine épicurienne, qui n'était finalement pas loin du compte, une fine couche d'atomes appelée « simulacre » se dégage de tout objet sensible, à la manière d'une émanation. Le simulacre est, en ce sens, une copie matérielle se détachant de l'objet ; en se déplaçant dans l'espace, le simulacre peut parfois rencontrer l'or-

Pour approfondir

Thèmes et concepts

gane sensoriel d'un être vivant. C'est alors que la perception se fait. Ainsi, nous ne percevons de l'objet que sa représentation matérielle : toute sensation est donc vraie.

Mais, pourrait-on objecter, il ne va pas de soi que toute sensation soit absolument vraie : de multiples expériences de la vie quotidienne laisseraient penser le contraire. Par exemple, si un bâton droit est plongé dans l'eau, il apparaît dès lors tordu. Si une tour carrée est contemplée de loin, elle peut paraître ronde, etc.

Malgré ces objections, Épicure maintient que la sensation est toujours vraie. D'après lui, la couche de simulacres émanant de l'objet sensible est altérée par les atomes de l'air et des corps environnants. Ainsi, l'image sensible de l'objet s'érode tout au long de son parcours jusqu'à l'organe sensoriel : la tour qui paraissait carrée de près, paraît maintenant ronde de loin.

- *Des dieux matériels*

Or, pour Épicure, les dieux ne font pas exception à la règle : ce sont, eux aussi, des êtres matériels, à cette différence près qu'ils sont, pour leur part, composés d'atomes beaucoup plus ténus que ceux qui composent les autres objets. Logiquement donc, les dieux émettent aussi une couche de simulacres extrêmement fins. Est-ce à dire que les dieux peuvent être aperçus par le biais de la sensation ? Non : les atomes composant les dieux ne sont pas perceptibles par le moyen des sens.

✱ Les prénotions et l'image des dieux

- *La vision mentale*

Cependant, si les atomes composant les dieux ne sont pas perceptibles par les sens, la raison, quant à elle, est capable de les percevoir. Cette partie intellectuelle de l'esprit est capable de percevoir ce qui n'est pas saisi par les sens. Il devient alors possible de parler d'une « vision mentale » nous informant fugitivement de l'existence et de la nature des dieux. Telles sont les « prénotions » pour Épicure. Il s'agit donc d'images strictement matérielles, directement en contact avec l'appareil cognitif humain. Les prénotions sont donc par essence absolument vraies, elles sont de l'ordre de l'intuition.

Thèmes et concepts

« Jupiter au foudre » (1760), gravure de Thelott.

Thèmes et concepts

- *Les simulacres émanant des dieux restent intacts*

D'ailleurs les épicuriens affirment souvent que de telles visions mentales apparaissent clairement pendant le sommeil, au moment où les sens ne sont pas dans le tumulte de la veille. Mais, pourrait-on objecter, sait-on si les simulacres divins ne sont pas eux-mêmes érodés par leur déplacement dans l'espace ? Les images divines perçues pendant le sommeil seraient ainsi altérées et ne nous informeraient pas sur la véritable nature des dieux. Or, il faut souligner que les atomes divins ont ceci de particulier qu'ils sont plus ténus que les autres atomes. Par cette finesse, leurs simulacres évitent donc les chocs et restent intacts.

- *La nature des dieux*

Ainsi, si l'on s'en tient à la prénotion que les dieux ont tracée en nous, il est possible de décompter deux grandes qualités qu'ils ont en commun : premièrement, les dieux sont immortels ; deuxièmement, les dieux sont bienheureux.

L'immortalité des dieux. La notion commune que l'on a des dieux est celle d'êtres doués d'immortalité. Par immortalité, il faut en réalité entendre incorruptibilité. Or si les dieux sont, comme nous, composés d'atomes, comment se fait-il que leurs atomes ne se décomposent pas ? Comment penser l'existence d'êtres composés qui ne périssent pas avec le temps ? Si, pour Épicure, les dieux sont comme les vivants, alors leur immortalité devient inexplicable. La question, encore une fois, ne trouvera sa réponse qu'au sein de la théologie physique épicurienne. Tout d'abord, il serait utile, pour apporter une réponse à cette énigme, d'expliquer pourquoi les vivants finissent toujours par mourir.

Pourquoi les vivants meurent-ils ? Dans ce qu'on pourrait appeler une biologie épicurienne, la croissance des vivants est expliquée par un gain continu d'atomes. Le vieillissement, au contraire, s'explique par une perte d'atomes ainsi que par un relâchement de la structure à l'origine de leur liaison.

Pourquoi les dieux ne peuvent-ils pas mourir ? Comme cela a été dit précédemment, les atomes qui composent les dieux sont extrêmement fins. Ceux-ci sont donc moins sensibles aux « attaques » des

Thèmes et concepts

corps environnants. Les dieux vivent ainsi dans des « intermondes », c'est-à-dire dans le même espace que le nôtre : la finesse de leurs atomes leur permet de passer au travers de tous les objets qui pour nous sont perceptibles. En outre, les dieux ne connaissent ni génération, ni corruption : les atomes qu'ils perdent sont immédiatement remplacés par d'autres atomes, et cela indéfiniment.

Des dieux bienheureux. Pour ce qui est de la seconde qualité des dieux, Épicure affirme qu'ils sont bienheureux. Du fait qu'ils vivent dans des « intermondes », il est possible pour les épicuriens de dire que les dieux ne participent pas aux affaires humaines. Ils ne sont soumis ni aux passions, ni aux désirs qui troublent l'âme. De plus, pour un dieu immortel, la mort n'est pas à craindre. En ce sens, les dieux restent toujours dans un état de parfaite ataraxie.

✳ Les présomptions à l'égard des dieux

Perçues immédiatement par notre appareil cognitif, les prénotions s'opposent, dans le discours épicurien, aux présomptions. Si les prénotions, dans leur pureté, nous informent véridiquement de l'existence et de la nature des dieux, les présomptions, elles, n'en sont que les modifications artificielles. Ainsi, la foule a bien une idée de l'existence des dieux (en cela, elle s'appuie sur la prénotion qu'elle en a), mais en faisant de ceux-ci des êtres à craindre, elle en modifie ou en altère la nature. « La foule, écrit Épicure, ne garde pas intacte la notion qu'elle en a. » Autrement dit, craindre les dieux, c'est donner son assentiment à une idée de la divinité dont la pureté a été altérée. Ainsi, la vérité divine doit être *dévêtue* ou *découverte* des opinions factices qui la modifient ; elle doit être mise à nu.

Il est donc tout à fait possible d'identifier ici présomption et opinion. Les opinions courantes des hommes, et au plus haut point celles de la religion populaire, apportent aux hommes une fausse idée des dieux : elles en modifient la prénotion originelle déjà présente intuitivement. Par exemple, la représentation homérique des dieux est erronée : dans ses récits, Homère présente en effet des dieux immortels animés de désirs et de passions, prenant part – avec parfois beaucoup de perversion – aux affaires humaines. Il s'agit là pour Épicure d'une compréhension impie de la divinité, fort éloignée de ce que les dieux sont en réalité.

Thèmes et concepts

- *Les dieux ne sont pas à craindre*

Comme les dieux ne participent pas aux affaires humaines, il ne faut pas les craindre. Cette crainte des dieux s'appuie sur une mauvaise conception de la divinité qu'il est en notre pouvoir de modifier. Plus encore : les dieux, en tant qu'ils sont bienheureux, peuvent, pour nous, être représentés comme des modèles à suivre pour notre propre bonheur. Ainsi, cette première partie de la *Lettre à Ménécée* renvoie indéniablement aux derniers conseils d'Épicure : « Médite donc tous ces enseignements et tous ceux qui s'y rattachent, médite-les jour et nuit, à part toi et aussi en commun avec ton semblable. Si tu le fais, jamais tu n'éprouveras le moindre trouble en songe ou éveillé, et tu vivras comme un dieu parmi les hommes. Car un homme qui vit au milieu de biens impérissables ne ressemble en rien à un être mortel. »

Conclusion. Dans cette première étape de la *Lettre* sont donc dissoutes toutes les craintes infondées à propos des dieux. Celles-ci ne sont construites que sur de multiples erreurs de jugement, et surtout sur l'incapacité des hommes à se concentrer sur la notion des dieux qui est tracée en eux.

b) Ne plus craindre la mort (§§ 124-127)

Si les dieux peuvent représenter des modèles d'ataraxie, ils ont néanmoins cet avantage sur les hommes de ne jamais mourir. On serait alors tenté de poser la question suivante : comment nous, pauvres mortels, pouvons-nous espérer être heureux malgré la connaissance de notre fin prochaine ? N'y a-t-il pas tout à craindre dans la possibilité, renouvelée à chaque instant, de notre propre disparition ? Comment ne pas être continuellement troublé par cette idée ?

Pour bien comprendre la démonstration d'Épicure à ce propos, voyons ce qu'un Grec de l'Antiquité peut craindre dans cet événement fatal qu'est la mort.

✹ La question de la mort dans l'Antiquité

- *Homère et la culture grecque*

On sait que la jeunesse grecque était nourrie des fables d'Homère. Dans ces fables, et notamment dans *L'Odyssée*, les morts séjournent

Thèmes et concepts

dans l'Hadès (les Enfers), nostalgiques de ce que la vie fût pour eux. Telle est par exemple la plainte d'Achille : « [...] Ah ! Si j'étais là-haut, sous les feux du Soleil, tel qu'aux plaines de Troie... Si tel je revenais au manoir de mon père, ne fût-ce qu'un instant. » (Homère, *L'Odyssée*, XI, 498, trad. V. Bérard.) L'Hadès est ainsi représenté comme le lieu de l'ennui et de la nostalgie.

D'autre part, ce séjour dans l'Hadès peut aussi s'avérer douloureux. Les Grecs croyaient à l'époque qu'ils risquaient d'être punis au moment de leur mort pour les injustices commises pendant la vie. On comprend donc que pour l'homme religieux de l'époque, la mort pouvait être une véritable source de craintes.

• *La crainte de la putréfaction du corps*

Cette question est davantage étudiée chez Lucrèce que chez Épicure. La crainte de la mort est ici alimentée par une représentation que les hommes peuvent parfois se faire de leur propre corps sans vie. On s'imagine alors que le corps en putréfaction souffre de son ultime décomposition. Chez Lucrèce, cette crainte s'explique par le fait que les hommes ne peuvent s'empêcher d'attribuer une certaine sensibilité à un corps sans vie.

✱ <u>Les craintes existentielles liées à notre propre disparition</u>

• *Parce qu'elle nous retire les joies de la vie, la mort est à craindre*

Cette crainte est plus facilement compréhensible pour un lecteur contemporain. En effet, la mort est communément représentée comme la fin des joies de la vie. Ainsi la vie peut souvent être quittée à regret : on ne meurt que trop tôt. En ce sens, il est courant de voir dans la mort une grande privation : l'anéantissement de toutes les joies qui auraient pu être vécues.

• *La mort face au désir d'immortalité*

Nous craignons la mort parce qu'elle empiète sur notre désir d'immortalité. Comme on le verra par la suite, il s'agit là d'un désir insensé et immodéré reposant sur un refus d'acceptation de la condition mortelle qui nous est commune.

Thèmes et concepts

✱ Les effets de la crainte de la mort

La crainte de la mort n'est pas sans effet sur la vie des âmes troublées. En effet, on imagine volontiers que cette crainte entraîne les hommes à faire certains mauvais choix de vie en tentant de fuir ce qui ne peut être fui. Pour bien comprendre la portée de la *Lettre à Ménécée* sur cette question, il faut bien saisir les effets que la crainte de la mort est susceptible d'entraîner.

Une vie nourrie par l'inquiétude de sa propre disparition n'est pas une vie heureuse. La crainte de la mort nuit en cela à l'ataraxie, c'est-à-dire à l'absence de troubles dans l'âme. Mais ce n'est pas tout : l'âme troublée cherchera à fuir cette crainte dans ce que Pascal appellera, au XVIIe siècle, le « divertissement ».

Ainsi, l'esprit trouve un refuge dans les désirs factices de gloire et de richesse, et se détourne du vrai bonheur. En effet, il est possible de voir dans la richesse le meilleur moyen de se mettre à l'abri d'une mort prochaine, et pour cause : les pauvres, en particulier dans l'Antiquité, meurent plus facilement et plus rapidement que les riches.

Pourtant, et là se trouve l'absurdité d'une telle attitude, la mort est une échéance inévitable. Le plus riche de tous les hommes n'est pas à l'abri d'un revers de fortune. Plutôt que de gâcher sa vie à repousser la mort tant bien que mal, il serait beaucoup plus facile, pour se garantir une vie heureuse, de s'efforcer à ne plus voir en elle une source d'angoisse.

✱ La dissolution de la crainte : la mort n'est rien pour nous

Reprenons dans le détail le texte de la *Lettre* : « Prends l'habitude de penser que la mort n'est rien pour nous. Car tout bien et tout mal résident dans la sensation : or la mort est privation de toute sensation. Par conséquent, la connaissance de cette vérité que la mort n'est rien pour nous, nous rend capables de jouir de cette vie mortelle, non pas en y ajoutant la perspective d'une durée infinie, mais en nous enlevant le désir de l'immortalité. »

Cette séquence de la *Lettre à Ménécée* prend la forme d'une démonstration simple aboutissant à la conclusion selon laquelle « la mort n'est rien pour nous ». Épicure soutient ici que la mort ne

Thèmes et concepts

concerne pas les vivants et n'est pas à craindre. Cette idée n'est pas évidente à accepter : il faut prendre l'habitude de l'appréhender. On voit immédiatement que la sagesse résultant de cette absence de crainte est un véritable combat.

Toute la démonstration d'Épicure est centrée sur la notion de sensation : « tout bien et tout mal résident dans la sensation », « la mort est privation de sensation ». Pour bien comprendre ces idées, il faut d'abord passer par une brève étude de la psychologie épicurienne (c'est-à-dire une étude de l'âme), et ensuite par la théorie de la sensibilité associée à celle de l'âme.

• *Une âme matérielle*

Du point de vue de la religion populaire, la mort est à craindre à partir du moment où l'on considère que l'âme ne périt pas comme le corps. Ainsi en était-il de la théorie platonicienne selon laquelle l'âme, après la mort du corps, voyage et finit par s'incarner dans un nouveau corps. En un sens, Épicure pourrait paraître plus moderne que Platon. Pour lui, l'esprit n'est pas une substance immatérielle qui perdurerait après la mort, bien au contraire : l'âme périt avec le corps, conformément à la thèse physique selon laquelle il n'y a dans l'univers qu'atomes et vide. « L'âme est un corps formé de petites particules, disséminées dans l'ensemble de l'agrégat [...]. » (*Lettre à Hérodote*, § 63.)

Les atomes de l'âme, eux, sont néanmoins plus fins et plus subtils, comme en témoigne le paragraphe 66 de la *Lettre à Hérodote* : « elle [l'âme] est composée des atomes les plus lisses et les plus ronds, l'emportant de beaucoup sur ceux du feu, et [...] a une partie irrationnelle qui est disséminée dans le reste du corps ; mais la partie rationnelle, au contraire, est logée dans la poitrine comme on le voit clairement par les craintes et la joie. Le sommeil se produit quand les parties de l'âme disséminées dans le composé tout entier se ramassent en un point ou perdent leur cohésion, ou sont expulsées par les chocs. »

Comme on le voit à la lecture de ce texte, l'âme est non seulement composée d'atomes, mais elle est aussi précisément localisée. Chez Lucrèce, les parties rationnelles et irrationnelles correspondent à

Thèmes et concepts

l'*animus* et à l'*anima*. L'*animus* représente pour le poète épicurien le siège des émotions, de la pensée rationnelle, du jugement et de la volonté, tandis que la sensibilité et le plaisir sont le fait de l'*anima*.

Ainsi, quand l'âme meurt, elle se décompose tout comme les autres choses matérielles. Cette thèse psycho-physique permet immédiatement de comprendre pourquoi la mort n'est pas à craindre du point de vue de la religion populaire : les âmes ne transmigrent pas, elles ne sont pas non plus envoyées dans un Hadès fantasmagorique. Comme tout agrégat, l'âme des hommes et des animaux se décompose au moment de la mort. En tant qu'ils sont insécables et donc incorruptibles, les atomes qui composaient alors cet agrégat ne disparaissent pas, mais demeurent à jamais séparés et dispersés dans la nature. Remarque : compte tenu de l'infinité du temps, il est amusant de s'imaginer que la recomposition d'un agrégat reste théoriquement toujours possible. Autrement dit, si un homme meurt, il est tout à fait possible (mais non nécessaire) que son âme se recompose, un jour, à l'identique !

• *La nature de la sensibilité*

On entend couramment par sensibilité une certaine faculté de ressentir des émotions à certaines occasions. On dira alors d'une personne qu'elle est sensible à l'art quand elle est capable d'apprécier les œuvres artistiques. Quand un philosophe parle de sensibilité, il comprend cette notion en un sens différent. La sensibilité en philosophie renvoie à la faculté de percevoir des sensations. Ainsi l'ouïe, l'odorat, le goût, le toucher et la vue, et ce qui unit toutes ces sensations en un objet unique, participent de la sensibilité.

Ainsi, la sensibilité dépend à la fois du corps (organes sensoriels) et de l'esprit (unification des sensations en une perception concrète). Les organes sensoriels reçoivent les impressions de simulacres émis par les objets réels, et ces simulacres sont ensuite appréhendés par l'esprit. La mort apparaît en ce sens comme la fin de toute sensation.

• *La mort n'est rien pour nous*

Étudions maintenant de plus près l'argument d'Épicure : si la mort est la dislocation des atomes qui composent l'âme et le corps,

Thèmes et concepts

alors nous n'aurons jamais l'expérience de cet événement. En ce sens, la mort ne concerne ni les vivants ni les morts, elle est un non-événement. Il n'y a donc, pour Épicure, absolument rien à craindre de la mort, puisque personne, à proprement parler, ne la vivra jamais.

Ainsi, en prenant l'habitude de prononcer cet argument, l'aspirant à la sagesse peut se convaincre du fait que la crainte de la mort est infondée. Bien sûr, cet argument est loin d'être convaincant pour qui s'est souvent laissé effrayer par son imagination à propos de cet événement fatal. C'est pourquoi il faut prendre l'« habitude » de penser à cette démonstration et donc, parallèlement, ne plus laisser libre cours à l'imagination, source des pires terreurs.

Par cette démonstration, Épicure prétend pouvoir débarrasser l'homme inquiet de son désir d'immortalité. Cependant, il reste d'autres désirs qu'il faut apprendre à maîtriser. Tel sera l'objet du propos de l'auteur de la *Lettre* dans les paragraphes qui suivent.

II. Le soin du corps et de l'âme : désir, plaisir et indépendance (§§ 127-131)

Comme cela a déjà été remarqué, la doctrine épicurienne a souvent été assimilée, à tort, à une pensée de bon vivant. Si bien qu'aujourd'hui on qualifie d'« épicurienne » toute personne se laissant facilement tenter par toutes sortes de débauches. En réalité, le bonheur épicurien est plus austère que cela. Il s'appuie sur trois principes ; premièrement, distinguer soigneusement les désirs naturels des désirs vains ; deuxièmement, toujours rechercher le plaisir pour contrebalancer la douleur ; troisièmement, consacrer toute son attention à la plus grande prudence.

a) La classification des désirs (§§ 127-128)

« Il faut se rendre compte que parmi nos désirs les uns sont naturels, les autres vains, et que, parmi les désirs naturels, les uns sont nécessaires et les autres naturels seulement. Parmi les désirs nécessaires, les uns sont nécessaires pour le bonheur, les autres pour la tranquillité du corps, les autres pour la vie même. »

Thèmes et concepts

Il est possible, d'après le texte de la *Lettre à Ménécée*, de dresser le tableau suivant :

Désirs naturels				Désirs vains	
Nécessaires			Naturels seulement	Factices	Impossibles
Pour le bonheur (philosophie, amitié)	Pour la tranquillité du corps (vêtement, abri)	Pour la vie (nourriture, sommeil)	Variation des plaisirs, recherche de l'agréable (désir sexuel, recherche de l'esthétique)	opulence, amour	désir d'immortalité

• *Les désirs naturels*

Par opposition aux désirs vains, construits de toutes pièces, les désirs naturels sont en conformité avec notre nature. Ils représentent tout aussi bien les besoins naturels de notre corps, comme l'appétit, la soif, que le désir sexuel et esthétique. Seulement, parmi ces désirs, certains sont nécessaires, d'autres non. Étudions cette distinction proprement épicurienne.

• *Les désirs naturels et nécessaires*

Premièrement, les désirs naturels sont nécessaires pour la vie même. Il s'agit ici de la faim et de la soif, sans la satisfaction desquelles nous ne pourrions pas vivre. Notre corps consommant de la matière, il faut toujours en compenser les pertes. Mais toute nourriture n'est pas naturelle et nécessaire : seule est nécessaire la nourriture qui convient le mieux à notre espèce. Pour Épicure, un repas constitué essentiellement de pain et d'eau suffit par exemple à assurer notre survie.

Deuxièmement, certains désirs naturels sont nécessaires pour le bien-être du corps. Par exemple, les intempéries peuvent engager un processus de destruction du corps. Ainsi, il est tout à fait naturel et nécessaire de se vêtir ou de chercher un abri. En revanche, le choix d'un style particulier de vêtement ne compte pas parmi les désirs naturels et nécessaires.

Enfin, le désir peut être naturel et nécessaire pour le bonheur. Il s'agit ici du désir de la philosophie grâce à laquelle nous pouvons reconnaître que, parmi nos désirs, certains sont vides et sans objet.

Thèmes et concepts

De plus, en nous délivrant de l'ambition et des recherches de gloire et de richesse, la philosophie rend possible l'amitié véritable *(philia)* avec soi-même et avec autrui.

Par contraste, les désirs naturels peuvent être dits « nécessaires » dans la mesure où, lorsqu'ils ne sont pas satisfaits, ils entraînent nécessairement de la souffrance.

• *Les désirs naturels et non nécessaires*

Cependant, même s'ils sont en correspondance avec notre nature, certains désirs ne sont nécessaires ni pour la vie, ni pour le bien-être du corps, ni pour celui de l'âme : « Parmi les désirs, tous ceux qui ne reconduisent pas à la souffrance s'ils ne sont pas comblés, ne sont pas nécessaires, mais ils correspondent à un appétit que l'on dissipe aisément, quand ils semblent difficiles à assouvir ou susceptibles de causer un dommage. » (*Maxime capitale* n° XXVI.)

Prenons l'exemple du désir sexuel. La frustration du désir sexuel peut bien entraîner quelque désagrément, mais jamais de réelle souffrance. Il peut donc être remplacé par n'importe quelle activité exténuante. Son insatisfaction ne compte pas parmi les maux. En revanche, cela ne signifie pas que tout désir sexuel soit à rejeter. La sexualité relève en ce sens de la sagesse pratique : il s'agit de savoir si la relation amoureuse est susceptible d'entraîner plus de souffrance que de bonheur. Ainsi, on peut citer Lucrèce, qui fait preuve d'une éloquence explicite : « Mieux vaut jeter dans le premier corps venu la liqueur amassée en nous, plutôt que de la garder pour un unique amour, ce qui nous vouerait à l'angoisse et à la souffrance. »

Les épicuriens ne sont pas contre la sexualité, mais estiment que l'amour nuit à l'amitié. C'est pourquoi Lucrèce, dans ce texte, privilégie les amours légères, plutôt que la passion dévorante.

• *Les désirs vains*

Nous pourrions aisément croire que la richesse, la gloire et le désir d'immortalité sont les conditions d'un bonheur parfait. Or, ces désirs s'attachent le plus souvent à des éléments dont la prise nous échappe.

Thèmes et concepts

Ils participent en effet, pour celui qui est sous leur emprise, d'une volonté d'accroître indéfiniment sa puissance. Autrement dit, ils le portent à aller à l'encontre des limites que la nature lui impose. Dès lors, ils l'engagent dans une poursuite sans but, et donc sans aucun sens.

Ainsi, tous les désirs naturels nécessaires peuvent se tourner en désirs vains. Par exemple, il est vain de ne pas chercher à consommer seulement la quantité de nourriture dont nous avons besoin : de rechercher tel aliment rare et de le consommer sans modération. Il en va de même pour l'abri et les vêtements.

Cela va aussi pour les désirs naturels seulement. Le simple désir sexuel peut se transformer en amour. Celui-ci peut effectivement prendre le masque du bonheur (tout comme la richesse, la gloire), mais en réalité il s'agit là d'un désir infini et éternellement inassouvi : celui de posséder entièrement l'être aimé.

- *Désirs limités et désirs illimités*

En somme, désirer vainement, c'est toujours désirer plus. La nécessité ou la vanité du désir peut donc se mesurer à son caractère limité ou illimité. Le désir d'immortalité, par exemple, consiste à toujours vouloir vivre plus longtemps, le désir de richesse à ne jamais être satisfait de sa fortune. Ces désirs ne comportent aucun terme, aucun but, et ainsi ils n'ont pas de sens, contrairement aux désirs naturels qui, eux, portent sur un objet bien défini. L'éthique épicurienne conseillera donc de limiter en toute circonstance ses propres désirs, c'est-à-dire de veiller toujours à ce qu'ils tendent vers un objet bien défini et en conformité avec notre nature.

b) Le plaisir comme principe (§§ 128-130)

Ainsi, l'éthique épicurienne prend soin de distinguer soigneusement les différents désirs pour en rendre possible un meilleur usage. Cette distinction va de pair avec une théorie du plaisir qu'il convient d'aborder maintenant.

- *La douleur et le plaisir*

Les épicuriens font tout pour éviter la douleur physique et le trouble de l'âme. Autrement dit, la stratégie épicurienne pour la réalisation

Thèmes et concepts

du bonheur est négative : nous ne pouvons être heureux qu'à la condition de ne pas souffrir. De ce point de vue, la place du plaisir dans l'éthique épicurienne peut paraître floue : en effet seule l'absence de douleur est nécessaire, non pas l'émergence du plaisir.

En un sens il est possible de dire que, pour Épicure, une vie heureuse n'est pas nécessairement une vie de plaisir. Une vie heureuse, au contraire, est une vie marquée par l'absence de douleur et de trouble. Nous avons déjà employé un mot d'origine grecque pour désigner cette idée : le bonheur est « ataraxie ». Il serait cependant juste de se demander quelle est, dans ce cadre, la fonction du plaisir dans l'éthique épicurienne.

• *Le plaisir comme principe de compensation*

« Nous n'avons en effet besoin du plaisir, écrit Épicure, que quand, par suite de son absence, nous éprouvons de la douleur ; et quand nous n'éprouvons pas de douleur, nous n'avons plus besoin de plaisir. »

Le plaisir paraît ici tenir la fonction d'un outil permettant de rééquilibrer l'état d'ataraxie. C'est sur ce point précis que l'éthique épicurienne se distingue de l'éthique hédoniste, celle des cyrénaïques par exemple. En effet, toute éthique hédoniste pose le plaisir comme fin de la vie humaine. Au contraire, ici, le plaisir est plutôt conçu comme le meilleur moyen de compenser les troubles de l'âme.

• *Le plaisir est conforme à notre nature*

Pourtant, dans la phrase suivante, Épicure écrit : « [...] le plaisir est le commencement et la fin de la vie heureuse ». Une lecture précipitée du texte laisserait croire à une contradiction. En effet, si le plaisir est un outil, c'est-à-dire un moyen, alors il ne peut être aussi la fin. Moyen et fin doivent être nécessairement distingués.

Il faudrait plutôt, dans cette phrase, entendre que le plaisir est le seul élément de la vie humaine qui lui donne son sens. En effet, pour agir, on peut très bien choisir un motif moral (le bien, le mal) ou un motif externe (l'altruisme, le sacrifice de soi). Mais ces motifs peuvent toujours être mis à l'épreuve : le bien et le mal, c'est-à-dire des

Thèmes et concepts

valeurs se voulant absolues, sont toujours confrontés aux limites du relativisme. Le plaisir, quant à lui, ne peut être remis en question : il est un fait de la nature propre à notre nature ; autrement dit, il ne découle d'aucune convention, d'aucune opinion factice. Il est toujours vécu individuellement.

• *Le plaisir comme critère de l'action*

Ainsi l'homme dispose naturellement d'un critère pour orienter son action. Il faut entendre ici par « critère » le moyen et/ou la règle par lesquels tout sujet peut décider de son action. Le plaisir assume ce rôle en nous donnant une raison d'agir.

Si le plaisir est ce à quoi naturellement nous tendons, la douleur, elle, représente tout ce qui doit être fui. Nous pourrions parler en ce sens d'un « principe de plaisir » qui aurait pour fonction, chez toute personne, de permettre l'action délibérée.

Ainsi, le bien et le mal n'ont de sens que lorsqu'ils sont rapportés au plaisir. Comme nous le verrons dans la partie L'œuvre dans l'histoire de la pensée (pp. 71-78), cette idée aura une grande postérité et sera reprise notamment par Bentham et Stuart Mill en économie politique, ainsi que par Freud en psychanalyse.

• *Le calcul des plaisirs*

Pour compenser la douleur cependant, tout plaisir n'est pas bon à prendre. D'une part, il est des plaisirs qui entraînent souvent plus de douleur que de bien-être ; d'autre part, il est des douleurs desquelles peut résulter le bien-être. Si le plaisir est un bien de par sa nature, il ne doit pas nécessairement être recherché en toutes circonstances. De même, la douleur ne doit pas toujours être évitée.

Pratiquer la philosophie consiste à savoir évaluer quelle dose de plaisir s'accorder, et quelle dose de douleur supporter, en ayant toujours bien en vue le but : l'absence de troubles dans l'âme et dans le corps.

Par exemple, il faut savoir accepter de souffrir lorsque la souffrance est le seul moyen pour parvenir à l'ataraxie. Le médecin peut faire souffrir le corps. Mais son objectif est de faire recouvrer

Thèmes et concepts

la santé et donc le bien-être à son patient. À l'inverse, les festins opulents peuvent procurer sur le moment beaucoup de plaisir, mais ils entraîneront toujours de la douleur par la suite (troubles de la digestion, nausée, etc.).

Tout cela peut être résumé par l'expression « calcul des plaisirs et des peines ». Le sage ne prendra le plaisir que comme compensation face à la douleur. Épicure, dit-on, souffrait atrocement juste avant de s'éteindre. Pourtant, en consacrant tout le temps qui lui restait à se remémorer ses jours heureux, il fit de son dernier jour le plus beau de sa vie.

c) L'indépendance à l'égard du plaisir (§§ 130-132)

Dans ce cadre, il est toujours plus prudent de vivre de peu. Il est en effet très aisé de prendre l'habitude de profiter des plaisirs qui se présentent à nous. Cependant, cette habitude engendre de la frustration lorsque ceux-ci viennent à manquer. On sait qu'Épicure a vécu le siège d'Athènes par Démétrios Poliorcète, siège entraîna une grande famine (voir le tableau des repères chronologiques, pp. 8-11). Or, lors d'une telle épreuve, les hommes habitués à vivre de peu vont nécessairement moins souffrir que ceux qui consomment régulièrement (même sans excès) les mets les plus raffinés.

• L'épicurisme : ni ascétisme, ni hédonisme

Il a déjà été établi que l'épicurisme n'était pas un hédonisme. Le plaisir est bien le principe de l'action. Cependant, bien qu'Épicure conseille de vivre de peu, cela n'est pas une condition nécessaire à la réalisation du bonheur. Il est simplement plus facile de rééquilibrer les plaisirs et les peines en vue de l'ataraxie lorsque l'on a été habitué à trouver le bien-être dans une vie simple. Autrement dit, plus le plaisir est difficile à trouver, plus la recherche de l'ataraxie est exigeante.

• L'objectivation du plaisir

Ainsi, pour que le plaisir puisse servir d'outil dans la compensation des peines, il faut nécessairement s'en détacher. C'est là un point difficile dans l'éthique épicurienne : bien que le plaisir soit l'élément

Thèmes et concepts

affectif le plus conforme à notre nature, il engendre de la frustration lorsque nous l'attendons et de la douleur lorsque nous le subissons.

La pire attitude serait de faire du plaisir un événement surgissant par hasard au cours de l'existence. En effet, passer sa vie dans l'attente de plaisirs contingents, c'est croire que la joie est de l'ordre de la fortune. Rien n'est plus contraire à la théorie épicurienne : le plaisir, au moment où il est vécu, serait alors déjà teinté d'une certaine nostalgie, celle de sa prochaine disparition. Au contraire, dans une vie heureuse, le plaisir doit être toujours à disposition, « sous la main », afin de pouvoir être en mesure de le faire intervenir en cas de peine.

Ainsi, la pleine jouissance du plaisir suppose un réel travail sur soi : il faut d'abord apprendre à s'en détacher pour ensuite pouvoir l'utiliser sans en être dépendant. Cette indépendance, Épicure l'appelle *autarkeia*, mot grec qui en français se traduit par « autarcie ». En respectant cette règle de vie, le plaisir devient alors objectif et, au besoin, il devient possible à tout instant de s'en saisir.

III. La philosophie comme sagesse pratique (§§ 132-135)

a) Le bonheur et la vertu (§ 132)

La prudence est donc la seule condition pour mettre en application tous les conseils d'Épicure à propos du bonheur. Entendons ici la notion de prudence au sens le plus courant : veiller toujours à agir raisonnablement dans la plus grande sécurité. Pour un Grec de l'Antiquité, prudence *(phronesis)* a aussi le sens de « sagesse pratique ». Il s'agit plus précisément d'une intelligence tournée vers l'action et non vers la contemplation.

Ainsi, pour vivre heureux, il faut savoir vivre avec prudence. Cependant, le bonheur et la prudence sont deux choses bien différentes : tous les êtres vivants peuvent ressentir le plaisir ; en revanche, la sagesse pratique est le fait de l'homme seulement. Lui seul dispose de la raison nécessaire pour porter un jugement sur le plaisir et s'en empêcher lorsque cela convient.

Dans ce paragraphe 132, Épicure se veut subtil : « [...] il n'y a pas moyen de vivre agréablement si l'on ne vit pas avec prudence, hon-

Thèmes et concepts

nêteté et justice, et qu'il est impossible de vivre avec prudence, honnêteté et justice si l'on ne vit pas agréablement. [...] à son tour, la vie agréable ne saurait se réaliser en elle-même et à part des vertus. »

La prudence, qui est une vertu rendant possible le bonheur, n'est elle-même possible que si le bonheur est atteint. Doit-on pour autant parler ici d'un cercle vicieux pouvant se changer à tout instant en cercle vertueux ?

Il est tout à fait possible de dire que la prudence et la vie agréable émergent simultanément. Le bonheur véritable est alimenté par la prudence, la prudence par le bonheur. Autrement dit, si le bonheur est la condition de la vertu et la vertu la condition du bonheur, cela signifie qu'on ne peut les séparer.

Épicure affirme ici que la prudence n'a de sens que lorsqu'elle est en relation avec le bonheur, et que le bonheur n'a de sens que lorsqu'il est en accord avec la prudence.

b) Le sage épicurien (§§ 133-134)

Une longue phrase rappelle alors à Ménécée l'essentiel des différents points abordés dans la *Lettre*, puis introduit une ébauche de réflexion fondamentale dans tout discours éthique autour de la nécessité, de la fortune et de ce qui dépend de nous.

• *Le rappel des préceptes et le* tetrapharmakos

Une partie de cette énumération des qualités du sage s'appelle le *tetrapharmakos*, ou le « quadruple remède ». Il s'agit du résumé le plus succinct des principaux thèmes de la doctrine épicurienne (les dieux, la mort, le bonheur, les maux) qu'on retrouvera dans les *Maximes capitales* I à IV :
- les dieux ne sont pas à craindre ;
- la mort n'est rien pour nous ;
- le bonheur est facile à obtenir ;
- la souffrance est facile à supporter.

Sont bien présents dans la *Lettre* l'appel à la piété (§§ 123-124), la sérénité à l'égard de la mort (§§ 124-127) et l'attitude à l'égard du bonheur (§§ 127-131). On remarquera en revanche que cette liste dépasse le cadre théorique de la *Lettre*. En effet, il a été très peu

Pour approfondir

Thèmes et concepts

question des notions de douleur ou de souffrance. La douleur en effet n'avait été étudiée qu'en relation avec le plaisir. On en apprendra plus sur ce thème en se référant à la quatrième *Maxime capitale*.

La conclusion de la *Lettre* (§§ 134-135)

La *Lettre* s'achève sur une réflexion sur la notion de liberté. Épicure refuse que tout événement puisse être amené au destin. Pour Épicure, l'individu n'est pas non plus pris dans un réseau de causes mécaniques lui retirant toute capacité d'autodétermination. C'est la position stoïcienne qui est ici visée. Penser le destin et la nécessité, cela conduit au déterminisme.

En outre, Épicure aborde la question de la fortune : elle peut éventuellement contribuer au bonheur (inutile de rejeter les plaisirs sans conséquences néfastes que l'on pourrait vivre), mais elle n'est pas essentielle, comme cela a été dit plus haut (voir dans cette même partie : II, c, L'indépendance à l'égard du plaisir, pp. 67-68).

En revanche le bonheur, lui, dépend pleinement du sage : il n'est ni de l'ordre de la nécessité, ni de l'ordre de la fortune. Le sage est libre de s'en saisir à tout instant.

Ainsi, il faut méditer tous ces conseils et enseignements « jour et nuit », écrit Épicure, ce qui montre bien que la philosophie est une activité exigeante se pratiquant sans relâche, pour pouvoir enfin vivre « tel un dieu parmi les hommes ».

L'œuvre dans l'histoire de la pensée

I. Dans la philosophie antique

Une bonne partie de l'œuvre d'Épicure est polémique, et ce, même si elle semble se suffire à elle-même. Lorsque ce dernier arrive à Athènes en 306 et achète son fameux Jardin, la philosophie trouve déjà ses premières formes d'institutions : l'Académie de Platon (v. 427-348/347 av. J.-C.) et le Lycée d'Aristote (384-322 av. J.-C.). Autrement dit, la doctrine épicurienne doit se faire une place dans un monde où fleurit déjà depuis plus d'un siècle une véritable tradition philosophique.

En outre, Athènes n'est pas le centre exclusif de la pensée philosophique. De nombreux penseurs se sont déjà regroupés dans les grandes villes d'Asie mineure (actuelle Turquie), à Cyrène (dans l'actuelle Lybie), à Abdère en Thrace (au nord de la Grèce).

Parmi ces philosophes, beaucoup semblent soutenir une doctrine similaire à celle d'Épicure. Les cyrénaïques (ve siècle av. J.-C.), par exemple, sont connus pour avoir mis en place une éthique fondée sur le plaisir (hédonisme), et Démocrite d'Abdère (v. 460-v. 370 av. J.-C.) une théorie atomiste de l'univers ainsi qu'une éthique de la tranquillité.

D'autres réflexions sur la tranquillité de l'âme (ou ataraxie) émergent à la même époque qu'Épicure (IVe-IIIe siècles av. J.-C.) : tout d'abord chez Pyrrhon d'Élis (v. 365-v. 275 av. J.-C.), fondateur de la pensée sceptique, puis chez les penseurs stoïciens.

On est donc en droit de se demander comment Épicure se situe au sein de cette activité intellectuelle foisonnante. Cette recherche visera bien sûr à identifier la spécificité de l'œuvre épicurienne par rapport aux pensées avec lesquelles elle risque d'être confondue.

1. La physique et la morale

a) Des atomes et du vide

La philosophie atomiste commence avec Leucippe et son disciple Démocrite. Il s'agit d'une pensée matérialiste du monde selon laquelle tout ce qui existe est composé de matière. Cependant, on

Pour approfondir

L'œuvre dans l'histoire de la pensée

parlera plutôt ici d'« atomisme » : la matière est en effet pour ces philosophes constituée de particules insécables et de vide. On pourrait donc croire, en première lecture, qu'Épicure ne fait que s'approprier les grands principes de la physique démocritéenne.

b) L'originalité épicurienne

En réalité, les épicuriens apportent à cette théorie une authentique touche d'originalité, non sans conséquence du point de vue de l'éthique. Leur raisonnement par l'absurde est le suivant : si tout n'est constitué que d'atomes et de vide, alors il devient difficile d'expliquer le regroupement de ces atomes dans les objets que l'on perçoit. En effet, l'univers ne serait alors qu'une éternelle « pluie d'atomes » strictement parallèles les uns par rapport aux autres. Il faut donc qu'un principe vienne décliner cette trajectoire, pour permettre à ces atomes de se regrouper.

On trouve notamment ce raisonnement chez l'épicurien Lucrèce : « Les atomes descendent bien en droite ligne dans le vide, entraînés par leur pesanteur ; mais il leur arrive, on ne saurait dire où ni quand, de s'écarter un peu de la verticale, si peu qu'à peine peut-on parler de déclinaison. Sans cet écart, tous, comme des gouttes de pluie, ne cesseraient de tomber à travers le vide immense ; il n'y aurait point lieu à rencontres, à chocs, et jamais la nature n'eût pu rien créer. » (Lucrèce, *De la nature des choses*, chant II.)

Dans la tradition épicurienne, cette déclinaison s'appelle le *clinamen*. Mais en introduisant cette précision fondamentale sur le terrain de la physique, l'épicurisme y reconnaîtra aussi le principe ontologique (c'est-à-dire au niveau de l'être) de l'action humaine.

c) Le **clinamen** *et la libre volonté*

Or, d'un point de vue physique, cette déclinaison des atomes peut paraître étrange à bien des égards. Le concept de *clinamen* suppose en effet une forme de spontanéité naturelle. Il suffit qu'un seul atome dévie de sa trajectoire pour que le monde soit créé. Dans le discours épicurien, ce mystérieux « premier choc » – un choc par conséquent non mécanique – trahit l'existence, au niveau de la matière, d'une forme de contingence.

L'œuvre dans l'histoire de la pensée

Cette contingence se retrouve au niveau de l'éthique. Certes, Épicure soutient bien que les lois de la nature sont mécaniques, c'est-à-dire se résument, pour une part, à un ensemble de causes et d'effets s'enchaînant nécessairement. Rappelons à ce propos le passage situé à la fin de la *Lettre à Ménécée* : « [le sage] dit d'ailleurs que, parmi les événements, les uns relèvent de la nécessité, d'autres de la fortune, les autres enfin de notre propre pouvoir ».

Pourtant, de fait, le corps humain se meut suivant le libre décret de la volonté. Si l'âme et le corps sont, comme toute autre chose, constitués d'atomes et de vide, alors il devient possible de voir dans le *clinamen* l'origine physique de la liberté de la volonté. Encore une fois, Lucrèce se montre sur ce point d'une rare éloquence : « Enfin, si tous les mouvements sont enchaînés dans la nature, si toujours d'un premier naît un second suivant un ordre rigoureux ; si, par leur déclinaison, les atomes ne provoquent pas un mouvement qui rompe les lois de la fatalité et qui empêche que les causes ne se succèdent à l'infini, d'où vient donc cette liberté accordée sur terre aux êtres vivants, d'où vient, dis-je, cette libre faculté arrachée au destin, qui nous fait aller partout où la volonté nous mène ? » (Lucrèce, *De la nature des choses*, chant II.)

En ce sens, cette contingence infime et originelle de l'atome permet d'expliquer la liberté humaine, ce qui serait absolument impossible dans le cadre d'une conception strictement mécaniste de l'Univers.

d) L'atome et la philosophie

Ainsi, toute l'originalité de la théorie épicurienne se joue dans l'idée que le principe de l'action se trouve déjà au niveau atomique. C'est seulement à cette condition que la distinction des désirs naturels et des désirs vains, ainsi que leur maîtrise, est possible. Il serait même possible d'aller jusqu'à dire que la philosophie, c'est-à-dire la libre réflexion sur le bonheur et sa mise en application, trouve son principe dans la nature physique elle-même. On comprendrait ainsi pourquoi la philosophie compte, pour Épicure, parmi les désirs naturels et nécessaires pour le bonheur : elle serait l'activité la plus conforme à la nature, à savoir, la libre réflexion de l'atome sur lui-même.

Pour approfondir

L'œuvre dans l'histoire de la pensée

2. L'éthique et la question de l'ataraxie

L'ataraxie est devenue, dans la pensée hellénistique, l'un des points centraux de la réflexion philosophique. Elle renvoie à une conception négative du bonheur par l'absence de trouble dans l'âme ou dans l'esprit. Or, la doctrine épicurienne n'est pas la seule à soutenir que le bonheur ne peut être réel qu'à la condition que l'âme anime le corps sans trouble aucun. On retrouve en effet cette doctrine non seulement chez les stoïciens, mais aussi chez les sceptiques. Quelle est donc la spécificité de l'épicurisme sur cette question ?

a) Chez les stoïciens

On trouve le concept d'ataraxie dans le stoïcisme tardif ou « impérial », et en particulier chez l'empereur Marc Aurèle (121-180 apr. J.-C.). Comme le monde est entièrement déterminé par un destin sur lequel nous n'avons pas d'emprise, notre bonheur dépend de notre capacité à y consentir. Ainsi, Épictète disait dans les *Entretiens* : « être libre, ce n'est pas vouloir que les choses arrivent comme il nous plaît, mais vouloir que les choses arrivent comme elles arrivent ».

Autrement dit, être libre, c'est savoir se conformer à la nécessité et bien comprendre que la plupart des choses qui arrivent nous échappent totalement. Aussi faut-il savoir précisément faire la distinction entre ce qui dépend de nous et ce qui n'en dépend pas.

Ainsi, la douleur vient de ce que nous voulons ne pas accepter une blessure qui ne dépend pas de nous. Elle vient de l'aveuglement de celui qui se croit libre. Au contraire, épouser le destin, c'est s'assurer une vie sans trouble. Ainsi, l'ataraxie représente dans le stoïcisme la passibilité de l'âme, résultat de l'appréciation exacte et rationnelle des choses.

b) Chez les sceptiques

Chez les sceptiques, la paix de l'âme va de pair avec une indifférence à l'égard des choses, à l'égard des événements et des opinions, indifférence qui se fonde sur le fait que, pour l'homme, « rien n'est plus ceci que cela » (Diogène Laërce, *Vies, doctrines et sentences des philosophes illustres*, IX, 61). Pour Pyrrhon, aucune valeur ni aucune vérité

L'œuvre dans l'histoire de la pensée

n'est absolue. Tous nos jugements sont de l'ordre de la convention et de l'habitude.

Ainsi, comme aucun jugement n'a encore été définitivement reconnu comme vrai ou juste, il convient, pour éviter le trouble de l'âme, de se mettre en état d'indifférence à l'égard des opinions. Comme le montrera cependant le philosophe et médecin grec Sextus Empiricus (IIe-IIIe siècles apr. J.-C.), le pyrrhonisme n'entraîne pas nécessairement l'inaction. Le sceptique adhère aux opinions de la foule tout en restant indifférent. Il peut donc agir tout à fait normalement. Mais en son for intérieur, il sait qu'aucune opinion ne peut avoir, en morale par exemple, de valeur absolue.

c) Comparaison : épicurisme – stoïcisme

Épicure, lui, a une conception forte de l'ataraxie. Même si elle doit être entendue comme « absence de douleur », l'ataraxie suppose un certain engagement dans la vie ainsi qu'une grande liberté face aux désirs. Pour un stoïcien au contraire, l'ataraxie se joue dans l'accord, dans la volonté rationnellement éclairée avec la nécessité. Le bonheur stoïcien fait en effet abstraction de la question des désirs, pour le rattacher à celle de la raison. Prenons ce texte de Sénèque : « Qu'est-ce qu'une vie heureuse ? La paix et une tranquillité constante. La grandeur d'âme y pourvoira, ainsi que la cohérence qui s'attache au jugement correct. » (*Lettres*, 92, 2.)

Ainsi, le bonheur pour un stoïcien se définit aussi comme ataraxie, mais pas de la même manière que chez les épicuriens. L'ataraxie épicurienne s'appuie sur un calcul des plaisirs, l'ataraxie stoïcienne sur la pratique de la vertu et sur la raison.

d) Comparaison : épicurisme – scepticisme

Le philosophe Pyrrhon incarne pour un sceptique le modèle de la meilleure vie possible. Ce qui met ce philosophe à part du commun des mortels, c'est son immunité absolument sans faille à l'égard de quelque opinion que ce soit. Cet équilibre lui permet de rester imperturbable face aux passions.

Au contraire, Épicure n'accorde pas à l'indifférence une telle valeur. En effet, le texte de la *Lettre à Ménécée* entend bien, par une

Pour approfondir

L'œuvre dans l'histoire de la pensée

critique de l'opinion populaire, parvenir à une vérité définitive (à propos de la nature des dieux par exemple). Ainsi, être indifférent pour un épicurien, ce serait prendre le risque de se terrer en soi-même, et ainsi de bafouer l'une des premières conditions du bonheur : l'amitié. En ce sens, l'épicurien n'est pas indifférent ; rien ne l'indiffère, pas même les opinions vides des hommes qu'il convient de combattre pour rendre possible la tranquillité de l'âme.

II. Dans la philosophie moderne

1. L'utilitarisme de Bentham

La théorie épicurienne du plaisir a souvent été considérée, à tort ou à raison, comme l'origine théorique du mouvement utilitariste en Angleterre. Dans le contexte de la mutation des conditions d'existence matérielles et humaines engendrées par la révolution industrielle, son fondateur, Jeremy Bentham (1748-1832), introduit la notion d'utilité qu'il interprète comme le premier motif de toute conduite humaine. Cette notion a pour vocation de proposer une interprétation nouvelle des dynamiques qui entrent en jeu dans l'action.

Dans l'utilitarisme de Bentham, les notions de bien et de mal sont réduites à l'idée d'optimisation du plaisir ainsi que du bien-être individuel et collectif, aux dépens de leur signification métaphysique. Autrement dit, le bien et le mal ne sont pas des valeurs absolues : on considère comme un bien ce qui optimise le bien-être d'un individu et de la communauté, et comme un mal, au contraire, ce qui le réduit.

2. Épicure et Bentham : une grande proximité ?

« La nature a placé l'humanité sous l'égide de deux maîtres souverains, la peine et le plaisir. » Cette phrase de Bentham marquant l'ouverture du chapitre I de l'*Introduction aux principes de la morale et de la législation* (1789), n'est pas sans rappeler le § 129 de la *Lettre à Ménécée* : « ce sont nos affections qui nous servent de critère pour mesurer et apprécier tout bien quelconque si complexe qu'il soit ».

L'œuvre dans l'histoire de la pensée

Épicure et Bentham voient donc tous deux dans le plaisir et la peine le motif premier poussant les individus à agir. En outre – et ceci pourrait être considéré comme l'apport de Bentham à la théorie épicurienne –, le penseur utilitariste propose aux chapitres III et IV de son *Introduction* une « arithmétique des plaisirs » qui, encore une fois, rappelle le *calcul* épicurien *des plaisirs et des peines*.

L'arithmétique des plaisirs et des peines est un moyen de mesurer la valeur du plaisir. Celle-ci sera plus ou moins importante en fonction de sept variables différentes : sa durée, son intensité, la certitude ou l'incertitude, sa proximité ou sa distance, son étendue, sa fécondité et sa pureté. Cette arithmétique vise à déterminer scientifiquement – c'est-à-dire par le moyen de règles – la quantité de plaisir et de peine générée par nos diverses actions.

Ainsi, un plaisir durable est plus utile qu'un plaisir passager ; un plaisir intense est plus utile qu'un plaisir d'une faible intensité ; un plaisir est plus utile si sa réalisation est certaine ; un plaisir immédiat est plus utile qu'un plaisir qui se réalisera à long terme ; un plaisir vécu à plusieurs est plus utile qu'un plaisir vécu seul ; un plaisir qui en entraîne d'autres est plus utile qu'un plaisir simple ; et enfin un plaisir qui n'entraîne pas de souffrance ultérieure est plus utile qu'un plaisir qui risque d'en amener. En ce sens, plus l'action comporte de critères hédonistes, plus elle peut être jugée « bonne ».

3. La spécificité de la doctrine épicurienne

S'il est possible de trouver une grande proximité théorique entre les thèses des deux auteurs, il manque néanmoins chez Bentham un élément pour que ce dernier puisse être qualifié d'épicurien. Cet élément fondamental, c'est l'ataraxie. N'oublions pas que le plaisir, chez Épicure, si conforme à la nature qu'il puisse être, n'est pas une *finalité*, c'est-à-dire une chose pour laquelle tout serait fait, mais qui ne serait pas elle-même faite pour autre chose. En effet, nous avons vu dans la partie Thèmes et concepts (pp. 64-68) que le plaisir avait une fonction similaire à celle d'un outil : le plaisir sert à compenser des peines. Dans l'idéal, il n'est utilisé que pour l'ataraxie.

L'œuvre dans l'histoire de la pensée

Ainsi, croire que toute action doit être orientée par un principe de plaisir serait une erreur du point de vue épicurien. De fait, c'est peut-être le cas, et sous cet angle, Bentham semble avoir bien compris le principe de l'action pour le commun des mortels. Celui-ci agit bien pour son plaisir. Mais il s'agirait là d'une *faute pratique*, ou encore d'un acte d'imprudence pour le sage épicurien, car le bonheur se joue plutôt dans la tranquillité de l'âme.

Mise en perspective

Pour approfondir et compléter la lecture de la *Lettre à Ménécée*, il est utile de consulter les *Maximes capitales* d'Épicure. Ce recueil, sans doute mis en forme par des proches du maître, clôt les *Vies, doctrines et sentences des philosophes illustres* de Diogène Laërce, ce qui montre l'intérêt de ce dernier pour la doctrine d'Épicure : « Eh bien plaçons maintenant sa couronne, comme on pourrait dire, à l'ensemble de l'ouvrage et à la vie du philosophe en reproduisant ses *Maximes capitales*, et en refermant avec elles l'ensemble de l'ouvrage – pour faire usage à la fin de ce qui est le principe du bonheur. » (Diogène Laërce, *Vies, doctrines et sentences des philosophes illustres*, X, 138.)

Cette « couronne » est composée de quarante préceptes résumant la doctrine épicurienne. Ils ont pour fonction d'apporter à l'aspirant-sage des principes utiles à la conduite de sa vie. Si on regroupe les *Maximes capitales* en fonction des thèmes abordés dans la *Lettre à Ménécée*, alors il est possible de retenir le classement suivant :

- le quadruple remède ou *tetrapharmakos* (I à IV) ;
- les vertus (V) ;
- les désirs et l'illimité (XV, XXI, XXIV, XXVI, XXX) ;
- le plaisir (VIII, IX, X, XVIII, XIX, XX) ;
- la suppression des craintes (VI, VII, VIII, XIV, XXXIX, XL) ;
- la justice (VII, et de XXXI à XXXVIII) ;
- le raisonnement et la physique (XI, XVI, XXII, XXV, XXVIII) ;
- l'amitié (XXVII, XXVIII).

Mise en perspective

Maximes capitales

I

Ce qui est bienheureux et immortel ne s'embarrasse de rien, il ne fatigue point les autres ; la colère est indigne de sa grandeur, et les bienfaits ne sont point du caractère de sa majesté, parce que toutes ces choses ne sont que le propre de la faiblesse.

II

La mort n'est rien à notre égard ; ce qui est une fois dissolu n'a point de sentiment, et cette privation de sentiment fait que nous ne sommes plus rien.

III

Tout ce que le plaisir a de plus charmant n'est autre chose que la privation de la douleur ; partout où il se trouve, il n'y a jamais de mal ni de tristesse.

IV

Si le corps est attaqué d'une douleur violente, le mal cesse bientôt ; si au contraire elle devient languissante par le temps de sa durée, il en reçoit sans doute quelque plaisir ; aussi la plupart des maladies qui sont longues ont des intervalles qui nous flattent plus que les maux que nous endurons ne nous inquiètent.

V

Il est impossible de vivre agréablement sans la prudence, sans l'honnêteté et sans la justice. La vie de celui qui pratique l'excellence de ces vertus se passe toujours dans le plaisir, de sorte que l'homme qui est assez malheureux pour n'être ni prudent, ni honnête, ni juste, est privé de tout ce qui pouvait faire la félicité de ses jours.

VI

En tant que le commandement et la royauté mettent à l'abri des mauvais desseins des hommes, c'est un bien selon la nature, de quelque manière qu'on y parvienne.

Mise en perspective

VII

Plusieurs se sont imaginé que la royauté et le commandement pouvaient leur assurer des amis ; s'ils ont trouvé par cette route le calme et la sûreté de leur vie, ils sont sans doute parvenus à ce véritable bien que la nature nous enseigne ; mais si au contraire ils ont toujours été dans l'agitation et dans la peine, ils ont été déchus de ce même bien, qui lui est si conforme, et qu'ils s'imaginaient trouver dans la suprême autorité.

VIII

Toute sorte de volupté n'est point un mal en soi ; celle-là seulement est un mal qui est suivie de douleurs beaucoup plus violentes que ses plaisirs n'ont d'agrément.

IX

Si elle pouvait se rassembler toute en elle et qu'elle renfermât dans sa durée la perfection des délices, elle serait toujours sans inquiétude, et il n'y aurait pour lors point de différence entre les voluptés.

X

Si tout ce qui flatte les hommes dans la lasciveté de leurs plaisirs arrachait en même temps de leur esprit la terreur qu'ils conçoivent des choses qui sont au-dessus d'eux, la crainte des dieux et les alarmes que donne la pensée de la mort, et qu'ils y trouvassent le secret de savoir désirer ce qui leur est nécessaire pour bien vivre, j'aurais tort de les reprendre, puisqu'ils seraient au comble de tous les plaisirs, et que rien ne troublerait en aucune manière la tranquillité de leur situation.

XI

Si tout ce que nous regardons dans les dieux comme des miracles ne nous épouvantait point, si nous pouvions assez réfléchir pour ne point craindre la mort, parce qu'elle ne nous concerne point ; si enfin nos connaissances allaient jusqu'à savoir quelle est la véritable fin des maux et des biens, l'étude et la spéculation de la physique nous seraient inutiles.

Mise en perspective

XII

C'est une chose impossible que celui qui tremble à la vue des prodiges de la nature, et qui s'alarme de tous les événements de la vie, puisse être jamais exempt de peur ; il faut qu'il pénètre la vaste étendue des choses et qu'il guérisse son esprit des impressions ridicules des fables : on ne peut, sans les découvertes de la physique, goûter de véritables plaisirs.

XIII

Que sert-il de ne point craindre les hommes, si l'on doute de la manière dont tout se fait dans les cieux, sur la terre et dans l'immensité de ce grand tout ?

XIV

Si la sécurité du côté des hommes existe jusqu'à un certain point grâce à la puissance solidement assise et à la richesse, la sécurité la plus pure naît de la vie tranquille et à l'écart de la foule.

XV

Les biens qui sont tels par la nature sont en petit nombre et aisés à acquérir, mais les vains désirs sont insatiables.

XVI

Le sage ne peut jamais avoir qu'une fortune très médiocre ; mais s'il n'est pas considérable par les biens qui dépendent d'elle, l'élévation de son esprit et l'excellence de ses conseils le mettent au-dessus des autres ; ce sont eux qui sont les mobiles des plus fameux événements de la vie.

XVII

Le juste est celui de tous les hommes qui vit sans trouble et sans désordre ; l'injuste, au contraire, est toujours dans l'agitation.

XVIII

La volupté du corps, qui n'est rien autre chose que la suite de cette douleur qui arrive parce qu'il manque quelque chose à la nature, ne peut jamais être augmentée ; elle est seulement diversifiée selon les circonstances différentes.

Mise en perspective

XIX

Si le plaisir du corps devait être sans bornes, le temps qu'on en jouit le serait aussi.

XX

S'il était possible que l'homme pût toujours vivre, le plaisir qu'il aurait ne serait pas plus grand que celui qu'il goûte dans l'espace limité de sa vie, s'il pouvait assez élever sa raison pour en bien considérer les bornes. Celui qui considère la fin du corps et les bornes de sa durée, et qui se délivre des craintes de l'avenir, rend par ce moyen la vie parfaitement heureuse ; de sorte que l'homme, satisfait de sa manière de vivre, n'a point besoin pour sa félicité de l'infinité des temps ; il n'est pas même privé de plaisir, quoiqu'il s'aperçoive que sa condition mortelle le conduit insensiblement au tombeau, puisqu'il y trouve ce qui termine heureusement sa course.

XXI

Celui qui a découvert de quelle manière la nature a tout borné pour vivre a connu sans doute le moyen de bannir la douleur qui se fait sentir au corps quand il lui manque quelque chose, et fait l'heureux secret de bien régler le cours de sa vie ; de sorte qu'il n'a que faire de chercher sa félicité dans toutes les choses dont l'acquisition est pleine d'incertitudes et de dangers.

XXII

Il faut avoir un principe d'évidence auquel on rapporte ses jugements, sans quoi il s'y mêlera toujours de la confusion.

XXIII

Si vous rejetez tous les sens, vous n'aurez aucun moyen de discerner la vérité d'avec le mensonge.

XXIV

Si vous en rejetez quelqu'un, et que vous ne distinguiez pas entre ce que vous croyez avec quelque doute et ce qui est effectivement selon les sens, les mouvements de l'âme et les idées, vous n'aurez aucun caractère de vérité et ne pourrez vous fier aux autres sens. Si vous

Mise en perspective

admettez comme certain ce qui est douteux, et que vous ne rejetiez pas ce qui est faux, vous serez dans une perpétuelle incertitude.

XXV

Si vous ne rapportez pas tout à la fin de la nature, vos actions contrediront vos raisonnements.

XXVI

Parmi les désirs, tous ceux qui ne reconduisent pas à la souffrance s'ils ne sont pas comblés ne sont pas nécessaires, mais ils correspondent à un appétit que l'on dissipe aisément, quand ils semblent difficiles à assouvir ou susceptibles de causer un dommage.

XXVII

Entre toutes les choses que la sagesse nous donne pour vivre heureusement, il n'y en a point de si considérable que celle d'un véritable ami. C'est un des biens qui nous procure le plus de tranquillité dans la médiocrité.

XXVIII

Celui qui est fortement persuadé qu'il n'y a rien dans la vie de plus solide que l'amitié a su l'art d'affermir son esprit contre la crainte que donne la durée ou l'éternité de la douleur.

XXIX

Il y a deux sortes de voluptés, celles que la nature inspire, et celles qui sont superflues ; il y en a d'autres qui, pour être naturelles, ne sont néanmoins d'aucune utilité ; et il y en a qui ne sont point conformes au penchant naturel que nous avons, et que la nature n'exige en aucune manière ; elles satisfont seulement les chimères que l'opinion se forme.

XXX

Lorsque nous n'obtenons point les voluptés naturelles qui n'ôtent pas la douleur, on doit penser qu'elles ne sont pas nécessaires, et corriger l'envie qu'on en peut avoir en considérant la peine qu'elles coûtent à acquérir. Si là-dessus on se livre à des désirs violents, cela

Mise en perspective

ne vient pas de la nature de ces plaisirs, mais de la vaine opinion qu'on s'en fait.

XXXI

Le droit n'est autre chose que cette utilité qu'on a reconnue d'un consentement universel pour la cause de la justice que les hommes ont gardée entre eux ; c'est par elle que, sans offenser et sans être offensés, ils ont vécu à l'abri de l'insulte.

XXXII

On n'est ni juste envers les hommes, ni injuste envers les animaux, qui, par leur férocité, n'ont pu vivre avec l'homme sans l'attaquer et sans en être attaqués à leur tour. Il en est de même de ces nations avec qui on n'a pu contracter d'alliance pour empêcher les offenses réciproques.

XXXIII

La justice n'est rien en soi ; la société des hommes en a fait naître l'utilité dans les pays où les peuples sont convenus de certaines conditions pour vivre sans offenser et sans être offensés.

XXXIV

L'injustice n'est point un mal en soi ; elle est seulement un mal en cela qu'elle nous tient dans une crainte continuelle par le remords dont la conscience est inquiétée, et qu'elle nous fait appréhender que nos crimes ne viennent à la connaissance de ceux qui ont droit de les punir.

XXXV

Il est impossible que celui qui a violé, à l'insu des hommes, les conventions qui ont été faites pour empêcher qu'on ne fasse du mal ou qu'on n'en reçoive, puisse s'assurer que son crime sera toujours caché ; car, quoiqu'il n'ait point été découvert en mille occasions, il peut toujours douter que cela puisse durer jusqu'à la mort.

XXXVI

Tous les hommes ont le même droit général parce que partout il est fondé sur l'utilité ; mais il y a des pays où la même chose particulière ne passe pas pour juste.

Mise en perspective

XXXVII

Tout ce que l'expérience montre d'utile à la république pour l'usage réciproque des choses de la vie doit être censé juste, pourvu que chacun y trouve son avantage ; de sorte que si quelqu'un fait une loi qui par la suite n'apporte aucune utilité, elle n'est point juste de sa nature. Si la loi qui a été établie est quelquefois sans utilité, pourvu que, dans d'autres occasions, elle soit avantageuse à la république, elle ne laissera pas d'être estimée juste, et particulièrement par ceux qui considèrent les choses en général, et qui ne se plaisent point à ne rien confondre par un vain discours.

XXXVIII

Lorsque, les circonstances demeurant les mêmes, une chose qu'on a crue juste ne répond point à l'idée qu'on s'en était faite, elle n'était point juste ; mais si, par quelque changement de circonstance, elle cesse d'être utile, il faut dire qu'elle n'est plus juste, quoiqu'elle l'ait été tant qu'elle fut utile.

XXXIX

Celui qui, par le conseil de la prudence, a entrepris de chercher de l'appui dans les choses qui nous sont étrangères, s'est borné à celles qui sont possibles ; mais il ne s'est point arrêté à la recherche des impossibles, il a même négligé beaucoup de celles qu'on peut avoir, et a rejeté toutes les autres dont la jouissance n'était point nécessaire.

XL

Ceux qui ont été assez heureux pour vivre avec des hommes, de même tempérament et de même opinion, ont trouvé de la sûreté dans leur société ; cette disposition réciproque d'humeurs et des esprits a été le gage solide de leur union ; elle a fait la félicité de leur vie ; ils ont eu les uns pour les autres une étroite amitié, et n'ont point regardé leur séparation comme un sort déplorable.

Traduction française de Jacques-Georges Chauffepié (1758).

Vers le bac

SUJET

Pour chacun des textes suivants, justifiez le rapprochement avec la *Lettre à Ménécée* d'Épicure.
Commencez par repérer les thèmes et problèmes philosophiques en commun avec la *Lettre*, puis montrez quelles sont les similitudes et les différences entre les thèses de ces auteurs et celles d'Épicure.

À l' écrit

TEXTE 1

Platon,
Phédon, 66 be,
traduction française É. Chambry.

« Il semble que la mort est un raccourci qui nous mène au but, puisque, tant que nous aurons le corps associé à la raison dans notre recherche et que notre âme sera contaminée par un tel mal, nous n'atteindrons jamais ce que nous désirons et nous disons que l'objet de nos désirs, c'est la vérité. Car le corps nous cause mille difficultés par la nécessité où nous sommes de le nourrir ; qu'avec cela des maladies surviennent, nous voilà entravé dans notre chasse au réel. Il remplit d'amours, de désirs, de craintes, de chimères de toute sorte, d'innombrables sottises, si bien que, comme on dit, il nous ôte vraiment et réellement toute possibilité de penser. Guerres, dissensions, batailles, c'est le corps seul et ses appétits qui sont en cause ; car on ne fait la guerre que pour amasser des richesses et nous sommes forcés d'en amasser à cause du corps, dont le service nous tient en esclave. La conséquence de tout cela, c'est que nous n'avons pas de loisir à consacrer à la philosophie. Mais le pire de tout, c'est que, même s'il nous laisse quelque loisir et que nous nous mettions à examiner quelque chose, il intervient sans cesse dans nos recherches, y jette le trouble et la confusion et nous paralyse au point qu'il nous rend incapable de discerner la vérité. Il nous est donc effectivement démontré que, si nous voulons jamais avoir une pure connaissance de quelque chose, il nous faut nous séparer de lui et regarder avec l'âme seule les choses en elles-mêmes. Nous n'aurons, semble-t-il, ce que nous désirons et prétendons aimer, la sagesse, qu'après notre mort, ainsi que notre raisonnement le prouve, mais pendant notre vie, non pas. Si en effet il est impossible, pendant que nous sommes avec le corps, de rien connaître purement, de deux choses l'une : ou bien cette connaissance nous est absolument interdite, ou nous l'obtiendrons après la mort ; car alors l'âme sera seule elle-même, sans le corps, mais auparavant, non pas. »

TEXTE 2

Jean-Jacques Rousseau,
La Nouvelle Héloïse, VIII,
Gallimard, Bibliothèque de la Pléiade,
pp. 693-694.

« Malheur à qui n'a plus rien à désirer ! Il perd pour ainsi dire tout ce qu'il possède. On jouit moins de ce qu'on obtient que de ce qu'on espère, et l'on n'est heureux qu'avant d'être heureux. En effet, l'homme avide et borné fait pour tout vouloir et peu obtenir, a reçu du ciel une force consolante qui rapproche de lui tout ce qu'il désire, qui le soumet à son imagination, qui le lui rend présent et sensible, qui le lui livre en quelque sorte, et pour lui rendre cette imaginaire propriété plus douce, le modifie au gré de sa passion. Mais tout ce prestige disparaît devant l'objet même ; rien n'embellit plus cet objet aux yeux du possesseur ; on ne se figure point ce qu'on voit ; l'imagination ne pare plus rien de ce qu'on possède, l'illusion cesse où commence la jouissance. Le pays des chimères est en ce monde le seul digne d'être habité et tel est le néant des choses humaines, qu'hors l'Être existant par lui-même, il n'y a rien de beau que ce qui n'est pas.

Si cet effet n'a pas toujours lieu sur les objets particuliers de nos passions, il est infaillible dans le sentiment commun qui les comprend toutes. Vivre sans peine n'est pas un état d'homme ; vivre ainsi c'est être mort. Celui qui pourrait tout sans être Dieu, serait une misérable créature ; il serait privé du plaisir de désirer ; toute autre privation serait plus supportable. »

TEXTE 3

> Arthur Schopenhauer,
> *Le Monde comme volonté et comme représentation*,
> tome 1, livre IV, § 57,
> traduction française A. Burdeau, Alcan / PUF, p. 328.

« [...] Entre les désirs et leurs réalisations s'écoule toute la vie humaine. Le désir, de sa nature, est souffrance ; la satisfaction engendre bien vite la satiété : le but était illusoire : la possession lui enlève son attrait ; le désir renaît sous une forme nouvelle, et avec lui le besoin : sinon, c'est le dégoût, le vide, l'ennui, ennemis plus rudes encore que le besoin. – Quand le désir et la satisfaction se suivent à des intervalles qui ne sont ni trop longs, ni trop courts, la souffrance, résultat commun de l'un et de l'autre, descend à son minimum : et c'est là la plus heureuse vie. Car il est bien d'autres moments, qu'on nommerait les plus beaux de la vie, des joies qu'on appellerait les plus pures ; mais elles nous enlèvent au monde réel et nous transforment en spectateurs désintéressés de ce monde : c'est la connaissance pure, pure de tout vouloir, la jouissance du beau, le vrai plaisir artistique ; encore ces joies, pour être senties, demandent-elles des aptitudes bien rares : elles sont donc permises à bien peu, et, pour ceux-là même, elles sont comme un rêve qui passe ; au reste, ils les doivent, ces joies, à une intelligence supérieure, qui les rend accessibles à bien des douleurs inconnues du vulgaire plus grossier, et fait d'eux, en somme, des solitaires au milieu d'une foule toute différente d'eux : ainsi se rétablit l'équilibre. Quant à la grande majorité des hommes, les joies de la pure intelligence leur sont interdites, le plaisir de la connaissance désintéressée les dépasse : ils sont réduits au simple vouloir. »

TEXTE 4

> Sigmund Freud,
> *Introduction à la psychanalyse*,
> troisième partie, chapitre 22,
> traduction française S. Jankélévitch, Payot, p. 336.

« En ce qui concerne les tendances sexuelles, il est évident que du commencement à la fin de leur développement, elles sont un moyen d'acquisition de plaisir et elles remplissent cette fonction sans faiblir. Tel est également, au début, l'objectif des tendances du *moi*. Mais sous la pression de la grande éducation qu'est la nécessité, les tendances du *moi* ne tardent pas à remplacer le principe de plaisir par une modification. La tâche d'écarter la peine s'impose à elles avec la même urgence que celle d'acquérir du plaisir ; le *moi* apprend qu'il est indispensable de renoncer à la satisfaction immédiate, de différer l'acquisition de plaisir, de supporter certaines peines et de renoncer en général à certaines sources de plaisir. Le *moi* ainsi éduqué est devenu « raisonnable », il ne se laisse plus dominer par le principe de plaisir, mais se conforme au *principe de réalité* qui, au fond, a également pour but le plaisir, mais un plaisir qui, s'il est différé et atténué, a l'avantage d'offrir la certitude que procurent le contact avec la réalité et la conformité à ses exigences.

Le passage du principe de plaisir au principe de réalité constitue un des progrès les plus importants dans le développement du *moi*. Nous savons déjà que les tendances sexuelles ne franchissent que tardivement et comme forcées et contraintes cette phase de développement du *moi*, et nous verrons plus tard quelles conséquences peuvent découler pour l'homme de ces rapports plus lâches qui existent entre sa sexualité et la réalité extérieure. »

Vers le bac

Préparation : 20 minutes ;
interrogation : 20 minutes.

À l' **oral**

Expliquez ce passage de la Lettre à Ménécée d'Épicure :

TEXTE

« Quand donc nous disons que le plaisir est le but de la vie, nous ne parlons pas des plaisirs des voluptueux inquiets, ni de ceux qui consistent dans les jouissances déréglées, ainsi que l'écrivent des gens qui ignorent notre doctrine, ou qui la combattent et la prennent dans un mauvais sens. Le plaisir dont nous parlons est celui qui consiste, pour le corps, à ne pas souffrir et, pour l'âme, à être sans trouble. (132) Car ce n'est pas une suite ininterrompue de jours passés à boire et à manger, ce n'est pas la jouissance des jeunes garçons et des femmes, ce n'est pas la saveur des poissons et des autres mets que porte une table somptueuse, ce n'est pas tout cela qui engendre la vie heureuse, mais c'est le raisonnement vigilant, capable de trouver en toute circonstance les motifs de ce qu'il faut choisir et de ce qu'il faut éviter, et de rejeter les vaines opinions d'où provient le plus grand trouble des âmes. » (§ 131-132)

I. Rappels méthodologiques

Dans l'introduction de l'explication d'un texte philosophique, il est essentiel de montrer :

- quel problème est soulevé par l'auteur ;

- quelle thèse il soutient en guise de solution à ce problème ;
- quels sont les différents moments de l'argumentation participant à l'élaboration de cette solution.

L'**introduction** doit soulever les problèmes d'interprétation qui devront être éclaircis pendant le travail.

Le **corps de l'explication** doit s'appuyer, de manière structurée, sur le texte lui-même. Nombre de contresens, en effet, résident dans le fait que l'élève fait dire à l'auteur ce qu'il ne dit pas ; c'est pourquoi le texte doit être pris « au pied de la lettre ».

La **conclusion** doit montrer que les problèmes d'interprétation soulevés en introduction ont été éclaircis, et donc que le texte a été expliqué.

Conseils d'organisation : à l'oral, il est conseillé de rédiger au moins l'introduction et la conclusion de l'explication. Concernant l'explication proprement dite, il suffira d'avoir sous les yeux son plan détaillé. Cela permettra à l'élève de ne pas être prisonnier de ses notes, et de mettre en valeur son aisance à l'oral.

II. Explication

1. Introduction

Dans ce texte, Épicure cherche à prévenir les déformations courantes de sa doctrine qui en entraînent la mauvaise compréhension. En la réduisant à un simple hédonisme, l'interprétation abusive de ses adversaires travestit l'un de ses principes essentiels : la définition du plaisir comme fin. En effet, si le plaisir est ce en vue de quoi tout est fait, faut-il néanmoins le définir comme pure jouissance ? Épicure rétablit la vérité de sa doctrine en affirmant qu'il faut opérer une nette distinction entre la notion de plaisir et celle de jouissance. Si l'on veut s'assurer le bonheur, il faut que le plaisir soit compris comme « ataraxie ».

Tout d'abord, Épicure cible la mauvaise interprétation de son éthique en expliquant que la confusion entre plaisir et jouissance est le fruit d'un « esprit inquiet » ; il sera donc légitime de se demander en quoi cette confusion a pour origine une pensée déjà troublée. Puis Épicure montre que le plaisir véritable réside dans l'absence de trouble dans la pensée ; et il conviendra alors de se demander quelle est la nature de ce plaisir sans jouissance.

2. Plan

a) Le plaisir comme jouissance entraîne plus de peine que de plaisir

Introduction :

Dans les premières lignes du texte, Épicure accuse ses adversaires de diffamation. Contrairement à ce que ces derniers soutiennent, il n'affirme pas que le plaisir réside dans la seule jouissance. Quels seraient donc les enjeux d'une telle confusion ? En quoi celle-ci entraînerait plus de malheur que de bonheur ?

- *Le plaisir comme « but de la vie »*

En vous appuyant sur le texte de la *Lettre*, ainsi que sur la partie Thèmes et concepts (pp. 46-70), vous montrerez en quoi le plaisir est considéré comme le « but de la vie ». Vous vous demanderez ensuite pourquoi il faut s'entendre sur une définition précise de la notion de plaisir.

- *La jouissance : inquiétude et dérèglement*

Vous expliquerez en quoi la jouissance est fondée par l'inquiétude, et en quoi elle entraîne le dérèglement. Vous pourrez vous référer ici à la partie Thèmes et concepts (II, b et c, pp. 64-68).

Transition :

Si le plaisir véritable ne réside pas dans la jouissance, alors quelle est sa nature ? Comment voir dans l'absence de troubles de l'âme le plaisir le plus complet ?

b) La prudence rend possible le plaisir véritable : l'ataraxie

Épicure propose alors une nouvelle définition du plaisir selon deux modalités : « Le plaisir dont nous parlons est celui qui consiste pour le corps, à ne pas souffrir et, pour l'âme, à être sans trouble. » Il soutient alors la thèse suivante : ce n'est pas la vie déréglée qui rend possible la réalisation de ce plaisir, mais, au contraire, une existence orientée par une véritable intelligence pratique.

- *L'ataraxie et l'aponie*

En vous appuyant sur la partie Thèmes et concepts (pp. 46-70), vous expliquerez ce qu'Épicure entend par « absence de douleur pour le corps » et par « absence de troubles dans l'âme ».

- **Le raisonnement vigilant et l'intelligence pratique**

En relisant la partie Thèmes et concepts et les passages consacrés au « calcul des plaisirs et des peines » (II, b, pp. 64-67) et à la « prudence » (III, a, pp. 68-69), vous montrerez en quoi consiste le raisonnement vigilant en prenant soin de bien définir la vigilance.

- **Le plaisir véritable**

Enfin, vous tenterez d'interpréter le texte en expliquant en quoi l'ataraxie peut être comprise comme le plaisir le plus pur et le plus satisfaisant.

3. Conclusion

Ce texte aura permis à Épicure de dissoudre, en les anticipant, les mauvaises interprétations de sa doctrine, qui, malheureusement, sont toujours d'actualité. L'ataraxie est un plaisir doux qui prend la forme de la tranquillité dans une âme apaisée. À l'inverse, rechercher dans le plaisir la jouissance, c'est là le symptôme premier d'une âme troublée. La jouissance est en effet illimitée, elle consiste à toujours vouloir plus. Au contraire, la force de l'ataraxie est d'accepter des limites. Ainsi, le sage épicurien n'a plus rien à espérer, son plaisir est complet.

Bibliographie

Autres éditions de la *Lettre à Ménécée*
- Marcel Conche, *Épicure, Lettres et maximes*, PUF, collection Épiméthée, 1987.
- Diogène Laërce, *Vies, doctrines et sentences des philosophes illustres*, trad. J.-F. Balaudé, Le Livre de poche, collection La Pochothèque, 1999.

Recueil de textes épicuriens
- Jackie Pigeaud (dir.), *Les Épicuriens*, Gallimard, Bibliothèque de la Pléiade, 2010.

Texte épicurien
- Lucrèce, *De la nature*, trad. José Kany-Turpin, Flammarion, GF, 1999.

Études consacrées à Épicure et à l'épicurisme
- Paul Nizan, *Les Matérialistes de l'Antiquité*, 1936, Éditions sociales internationales (réédition chez Maspero en 1968).
- Jean et Mayotte Bollack, Heins Wismann, *La Lettre [d'Épicure] à Hérodote*, Minuit, 1971.
- Geneviève Rodis-Lewis, *Épicure et son école*, Gallimard, Folio essais, 1993.
- André-Jean Festugière, *Épicure et ses dieux*, PUF, 1996.
- Victor Goldschmidt, *La Doctrine d'Épicure et le droit*, Vrin, 2000.
- Pierre-Marie Morel, *Atome et nécessité : Démocrite, Épicure, Lucrèce*, PUF, 2000.
- Jean-Marie Guyau, *La Morale d'Épicure*, Encre marine, 2002.
- Jean Salem, *Tel un dieu parmi les hommes : l'éthique d'Épicure*, Vrin, 2002.
- Alain Gigandet, Pierre-Marie Morel, *Lire Épicure et les épicuriens*, PUF, collection Quadrige, 2007.

Crédits photographiques

Couverture	**Dessin Alain Boyer**
7	buste d'Épicure, ronde-bosse, musée du Capitole (Rome). Ph. © Archives Larbor.
13	« Une vision de l'Antiquité – le symbole des formes » (1887-1889), tableau de Puvis de Chavannes, Carnegie Museum of Art (Pittsburgh). Ph. Coll. Archives Larousse.
53	« Jupiter au foudre » (1760), gravure de Thelott. Ph. O. Ploton © Archives Larousse.

Photocomposition : JOUVE Saran
Impression : Rotolito Lombarda (Italie)
Dépôt légal : août 2013 - 311730/02
N° Projet : 11037275 – novembre 2017